Le bestiaire du crépuscule
黄昏异兽园

[法]达莉亚·施密特（Daria Schmitt） 著　谢冰冰 译

图书在版编目（CIP）数据

黄昏异兽园 /（法）达莉亚·施密特著；谢冰冰译. 北京：文化发展出版社，2025.1.-- ISBN 978-7-5142-4505-9

Ⅰ.I565.45

中国国家版本馆 CIP 数据核字第 20244JQ759 号

LE BESTIAIRE DU CRÉPUSCULE
© Editions Dupuis 2022, by Daria Schmitt
www.dupuis.com
All rights reserved

本作品简体中文版由欧漫达高文化传媒（上海）有限公司 DARGAUD GROUPE (SHANGHAI) CO., LTD. 授权出版
著作权合同登记号 图字：01—2024—6058

黄昏异兽园

著　者：[法]达莉亚·施密特
译　者：谢冰冰

出 版 人：宋　娜
责任编辑：陈　馨　　　　特约编辑：谢心言
责任校对：侯　娜　马　瑶　封面设计：梧桐影
责任印制：杨　骏
出版发行：文化发展出版社（北京市翠微路 2 号　邮编：100036）
发行电话：010-88275993　010-88275711
网　　址：www.wenhuafazhan.com
经　　销：全国新华书店
印　　刷：北京宝隆世纪印刷有限公司

开　本：889mm×1194mm　1/16
字　数：105 千字
印　张：7.5
版　次：2025 年 1 月第 1 版
印　次：2025 年 1 月第 1 次印刷

定　价：98.00 元
ＩＳＢＮ：978-7-5142-4505-9

◆ 如有印装质量问题，请与我社印制部联系　电话：010-88275720

H.P. 洛夫克拉夫特(H.P. Lovecraft)，邪恶的魔法师，神秘、恐怖、奇幻故事的叙述者，缔造世界的梦想家。

达莉亚·施密特(Daria Schmitt) 的才华，

为这位永无止境的探险家的作品增添了一份新的解读。

我承认，在收到这些美丽画作的那一刻，我的内心充满了期待，

或者说是好奇？

在我看来，没有比这位画家的作品更一目了然的了，

它打开了一扇崭新的、通往我们心爱的作家内心秘密世界的大门。

在故事的开篇，就出现了掌管时间的诺恩三女神(Nornes)，

一座奇异的公园，兰波湖(Le lac de Rimbaud) 底的房子！还有，

与所有诗人心灵相通的猫咪，誓要守护梦境的孩子们……

在这一系列幻象之中，看似不相关的一切都通过她暗黑、

多变又精准的笔法联系在一起。

我相信达莉亚·施密特的作品已经揭开了洛夫克拉夫特的神秘面纱：

他曾在不为人知的年少时期，被残酷的现实世界所摧残，

然后通过反转镜子穿越到另一个世界中去了。

达莉亚的画作破译了这一过程。她所呈现的魔幻视觉，

黑白分明如同一张张乐谱，令人深受震撼。

H.P. 洛夫克拉夫特在达莉亚耳边低语，她亦知晓如何去倾听。

他们彼此理解。

可谓知音难觅！

菲利普·德吕耶(Philippe Druillet)

2022

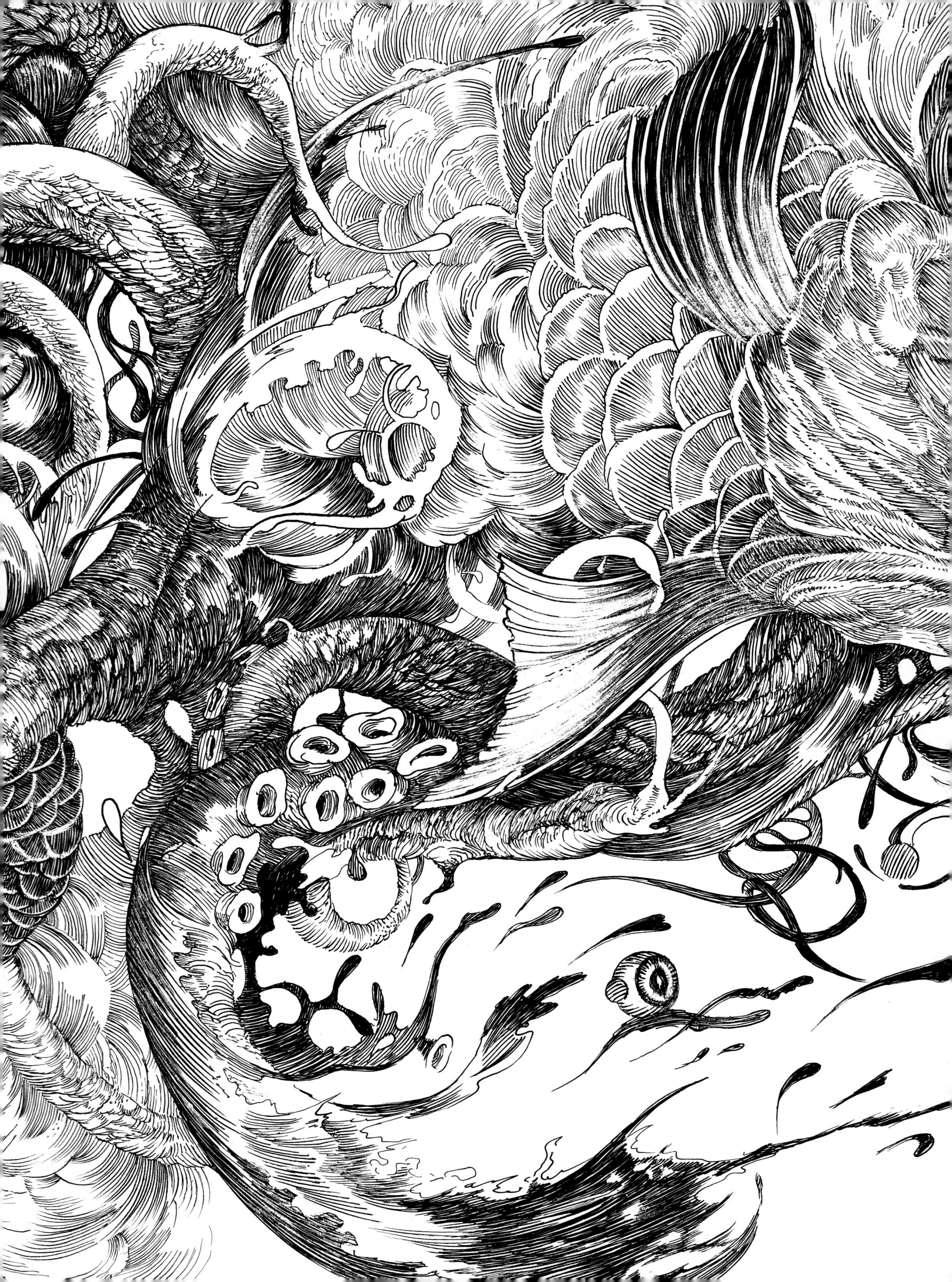

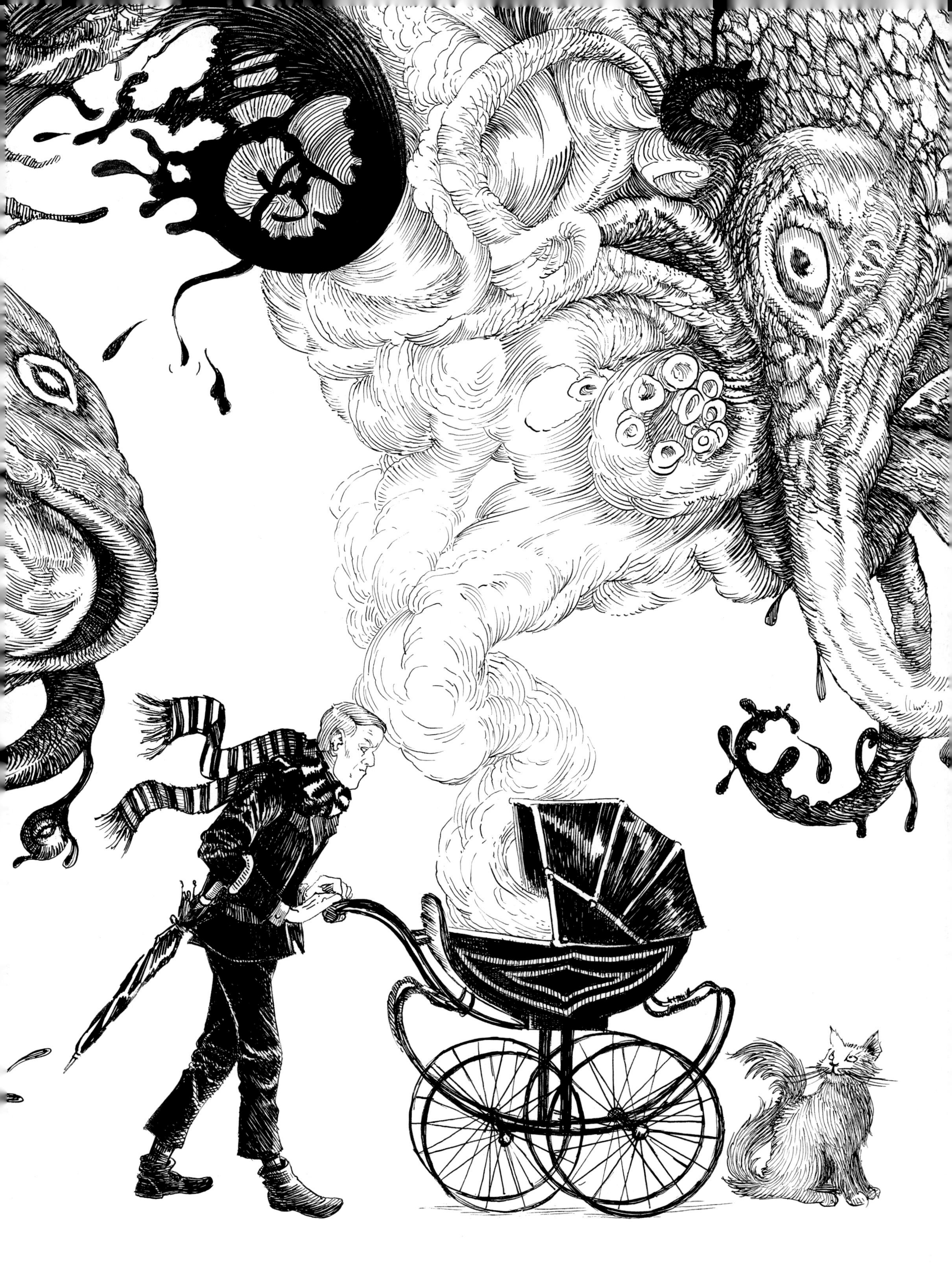

时间、空间、幻象和现实之间充满了曲折与纠缠，唯有梦想家才能参透其中的奥秘。

——H.P. 洛夫克拉夫特

普罗维登斯！

听到我说话了吗，普罗维登斯？
我明白了……你在装死……
如果你认为这样就能糊弄过去的话！
先把这些让你头疼的假花放一边吧，天快亮了。
快点，睁开眼睛吧！马上就到巡逻的时间了……

你大吼大叫干什么，就不能让我安静一会儿吗？
待在这片温柔的瓶子草中间，我真的很开心……
但你是对的。最好不要浪费这宝贵的时间，现在正是公园里难得空无一人的时刻。
来吧，普罗维登斯，不要让自己越来越厌恶尘世了，那些人类需要你。

你认为他们真的需要一个警卫吗，马尔多罗？
没有我，来公园散步的游客也都过得很好啊。
有时我甚至在想，是否我才是那个将他们置于危险之中的人？
防止他们误入龙潭虎穴，也算吗？
如果“龙”“虎”只对我来说是真实存在的呢？
你的意思是黑暗世界只是梦境吗？
这话出自一个梦想家之口，我认为实在过于理性了。

本喵的建议是，普罗维登斯，这世上的事并非桩桩件件都符合人类的理性，有太多事情无法解释。

诺，以我的爪子为例，刚才我明明走在一张白纸上，现在它们却沾染了黑色的墨水……对此，你怎么看？

你的爪子很脏，而且这张纸是湿的，是我从湖面上捞起来的，一共好几页呢……你看，事情就是这么简单。

我的爪子根本一尘不染！黑的是这些书页的灵魂。

别忘了，神秘玄学总是能战胜怀疑论者，并乐于报复那些对它嗤之以鼻的人……

很好的示范，马尔多罗，但还是请你不要到处踩了！

这上面原本是有字的，但水把一切都抹掉了……

也许对着光，根据这些透明的笔迹，我还可以读读看。我要试着重新整理出这篇文章的内容……虽然这会占用我难得的闲暇时光。

我今晚就着手。这几页纸也好有时间干燥。
你也太重视你捡到的这些破玩意儿了。
那我该怎么办，放任它们丢得到处都是吗？公园不是垃圾场！
马尔多罗，看看我还发现了什么？很快又要到丢手套和帽子的季节了……
人类总是丢三落四，健忘得很。真想知道他们是不是故意的！
能忘记这么多事情可真是妙极了，连婴儿车都能忘，咱就是说……
也没有人回来认领……如果你再这样坚持下去，很快就没有地方落脚了。跟我们猫咪学学吧，不要把没用的东西堆得乱七八糟！
这话可能听起来很奇怪，但是……
我感觉自己也有点像这些旧东西……

像它们一样，我也在等待着什么。而由于漫长的等待，我也变得有些尘霜满面了……

简单来说，我总想着有一天能将它们物归原主，从而了却他们彼此找寻的苦恼。

但这些，你们猫咪是不会明白的。

没有人会为了一把旧雨伞而苦恼……只有你一个，普罗维登斯。

好了，让我们勇敢面对这崭新的一天吧！

一切正常……如果运气好的话，我们在公园开门之前都不会遇到她。

你就做梦吧，普罗维登斯！此刻正是咱们的新任主管喜欢到处巡视的时间。

我们去大楼梯那边看看吧。我最近疏忽大意，都没去查看过那些探测仪。

放轻松，我们猫咪一直在帮忙留意。"暮光生物那边一丁点儿动静都没有。"这是猫咪们的原话。

空气里弥漫着一些陌生的东西……

这很可能是个圈套，我们不能掉以轻心！

马尔多罗，你感觉到了吗？

今天将会不同寻常，我的直觉向来不会错！

你在听我说话吗？喂，放过那些天鹅！你知道它们在这里有多受欢迎。甚至有人说，它们是我们公园的"招牌产品"。

呼噜呼噜

它们不过是苍白的仿制品、拙劣的学人精，连喘气声都是向猫咪学的！

！

啊，你来了，来得正好！

你什么时候才能把这些哔哔作响的玩意拆掉?会吓到人的。你知道吗,这种声音足以让游客心脏病发作。人们来这里是为了寻求平静安宁,他们想听到鸟叫蝉鸣……不是你这些破收音机刺耳的嗞啦声!

这些不是收音机,而是探测仪器。它们能为我监测公园里是否有不明身份和潜在危险的访客出没……有点像地震仪,你明白吗?

最后说一次，警卫先生，别再胡言乱语了！请你说话理智点，如果你理智尚存的话。你和我一样清楚，我们公园接待的都是些非常体面的正常游客！

你的意思是说我发疯了，是我在没事找事？！

我想说的是，是时候改变了。现在是由我掌舵，趁这个时机，可以翻开新的一页了。

我对公园的发展有很宏大的规划，整个团队都会参与其中。我不会让任何人掉队的，这是我给自己定的任务，我会竭尽所能坚持下去的，请相信我！

我们要扩大规模，打破界限，别再把人们的生活拦在紧闭的公园大门外了。

我们要一起共建城市公园绿地的未来！

说说看，你对我刚才说的感兴趣吗？

你这副表情是在看什么？

它们监测到了什么……这样异常剧烈的震动，我以前从未见过！

行了，行了，你又开始了！

看，那些探测仪！

所有这些废话简直烦得我受不了！

说实话，你应该去检查一下。有病得治，知道吗？

我现在很担心，作为公园的主管，你也应该感到担忧。你知道我们的游客正暴露在多么危险的环境中吗？

噢，不，发发慈悲，请不要细说了！我觉得如果继续站在这里听你讲话，我的马很快就会踢掉一只马蹄铁了。

所以，祝你日安，我要去开大门了。

……这样也能给你点时间恢复理智，镇静下来。

哗——

哗——

哗！

做得不错，年轻人，但你恐怕永远也说服不了她。

不过，这不是你的错。就算是换成我们，也不可能做得比你更好。

你们刚才至少可以帮帮我啊！

有什么用呢？我们太老了，不适合再去做明知没有结果的事了。

再说了，她也不会听我们的。在她看来，我们已经是老糊涂了。

她甚至视我们为眼中钉！她不是雇佣我们的人，还得每天忍受着我们的存在，这可是人人都知道的。

看来我们同在一条船上……不过你们三位毕竟也是团队的一员，所以理应穿上正式的制服才对。

我们现在这样也很好啊。

让我们换制服都是她一个人的主意。

但那些制服根本就不是我们的风格。

到了我们这个年纪,想要改变已经太迟了。

她说我们打扮成这样,会吓到孩子们。

如果可以的话,她甚至还会给我们戴上嘴套!

她嫌我们啰唆……

说我们又不是教育家……

幸好这里还有你,警卫先生。至少你是个完美的绅士。

等到关门时再来看我们吧,我们要为你量一下尺寸。天气很快就会变得湿漉漉的,你需要一件好点儿的毛衣。

确切地说，你需要的是一件盔甲。请不要担心，我们会织得很扎实的。
加油，你并不孤单，我们和你在一起！
我们彼此理解，警卫先生，我们跟你是一伙的。
现在她们倒让我担心了！
你在这儿有一个忠实的粉丝俱乐部了。
我真的很想知道，这三个人是怎么来到公园的？
……起码有一点可以肯定，她们和我一样疯狂！
但方式完全不同。我感觉她们听到了什么声音，但是她们不像我那样能“看到”。即使她们愿意相信我，我的小怪物们也与她们无关。
啊，要是我有选择就好了，马尔多罗，有时候我真是累了，对这一切……
累？你睡得可够多了，普罗维登斯……那你的使命呢，怎么办？
好吧，你说得对，让我们去关照一下那些不为人知的小可怜吧！
我们先从瀑布开始。最近，有一群小浑蛋把这里当成了他们的游乐场了。他们随时都有唤醒老石怪的危险，老石怪肯定非常乐意帮忙。

瞧，我说什么来着？这群小屁孩就喜欢和我对着干！他们肯定以为我会先妥协的。
还要我说多少遍？这是一个观赏瀑布，意思就是这儿不是让你们胡闹的地方！
我甚至还在这儿立了个告示牌。是你们把它拿走的，对不对？
不，警卫先生，不是我们。
再说了，我们明明有这个权利，公园就是让人玩耍的。

哦，真有意思，谁告诉你的？来公园是为了散步、呼吸新鲜空气、坐在长椅上休息的，不是来攀爬滑溜溜的岩石的！
如果全都听你的，我们就无聊死了。
如果你们想好好玩，那边有旋转木马。
旋转木马是给婴儿们玩的。
!
长椅是给老年人坐的。
好了，讨论结束！快从那里下来！
你们根本不知道瀑布的岩石下藏着什么可怕的东西。你们这些天真的小破孩儿！
噗，你每次都说一样的话。可怕的东西在哪儿？
你编出来这些瞎话，只是想让我们离开。
那又怎么样，我们早就不害怕吓唬小孩的妖怪了。知道吗，你这招没用了！
有你在，我们永远没法玩得尽兴！
就连我们的妈妈也没有这么紧张啊。
告诉我，你不会是有抑郁症吧？

抑郁症？不是吧！
或者偏执狂、双向情感障碍、情感冷漠症之类的。不过你别担心，一切都会好起来的！我妈妈经常对我爸爸这样说。
算了，别管他了。走吧，伙计们。
双向情感障碍？真想知道他们从哪儿学到这些词的！现在的孩子们哪……
……什么都不怕，什么都敢说！
!
妈妈！
妈妈，快来看！湖里有好多泡泡，而且水全都黑了！
噢啦啦啦，马尔多罗，看，我说的没错吧，探测仪诚不我欺！
你看呀，妈妈，我是个魔法师，我召唤来了雾。
小姑娘，退后一点！禁止搅动湖水！
泥浆被搅起来，湖里的鱼会被吓坏的。
?
说实话，不是我干的，先生。我不会魔法，是湖水自己变黑的，我发誓！

当我们什么都不知道时，最好不要发表意见。不过，看起来情况越来越糟了……你最好赶紧回家。
为什么？你在这一团泥浆里看到了什么吗？
你们都觉得我疯了，把我当成疯子是吗？
其他人可能是这样想的，但我不是……我相信你真的能看到别人看不到的东西。虽然可以肯定，你是个老顽固……
好了，我要回家了……我妈妈在那儿等我呢，她总是担心我会感冒。
老顽固？你听到了吗，马尔多罗？好，就让我们靠近些看看清楚。
这种现象对我来说倒是很新鲜……每个人都看得见！
然而，每个人都可以给出不同的解释。比如，装了新的空气泵，给鱼充氧用的；或者安了新的喷泉装置……反正最后会跟往常一样，只有我一个人能看清楚真相……
这个湖还真是花样百出，诡计多端啊！

好大的浪花，马尔多罗！不过，这看起来并不像以往常见的梦魇生物啊……
也许是天然气？如果我们在公园里发现了天然气矿藏，那主管一定乐坏了！
看，比方说这些，那些就是鲤鱼而已……非常普通的鲤鱼。
但是，鱼儿们到底是怎么了？
它们好像在打架……它们在争夺一块石头似的东西！
石头？喂，那应该沉下去啊？
等着瞧……
嘿！喂！
!
什么……
?
哎呀！冷静！你想让我们翻船吗，普罗维登斯？

你……看见了吗?

看见什么?

有个人,在水里,他还冲我微笑了一下……

那笑容有点不自然,就好像那个人不太习惯微笑一样。

别找了,肯定是你的倒影。没什么好大惊小怪的。

你快直起身来,我觉得有人正在看着我们。

我告诉你,那绝不是我的倒影!他比我年长……而且还有胡子。

噢,噢!快看,是一本书!鱼儿们在争抢一本书!

也许那是一本畅销书?

马尔多罗!

我抓到它了!

扑通!

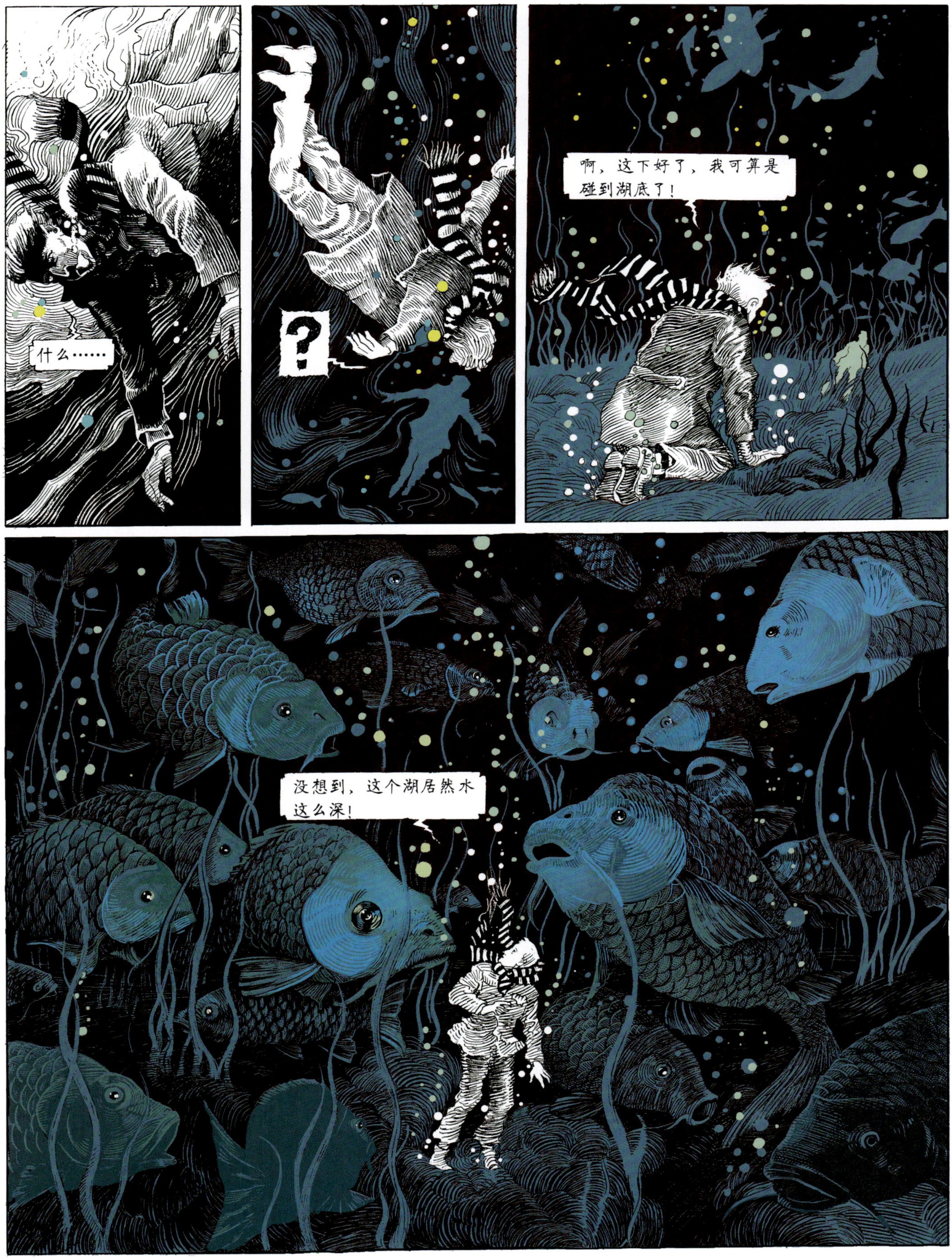
什么……
?
啊，这下好了，我可算是碰到湖底了！
没想到，这个湖居然水这么深！

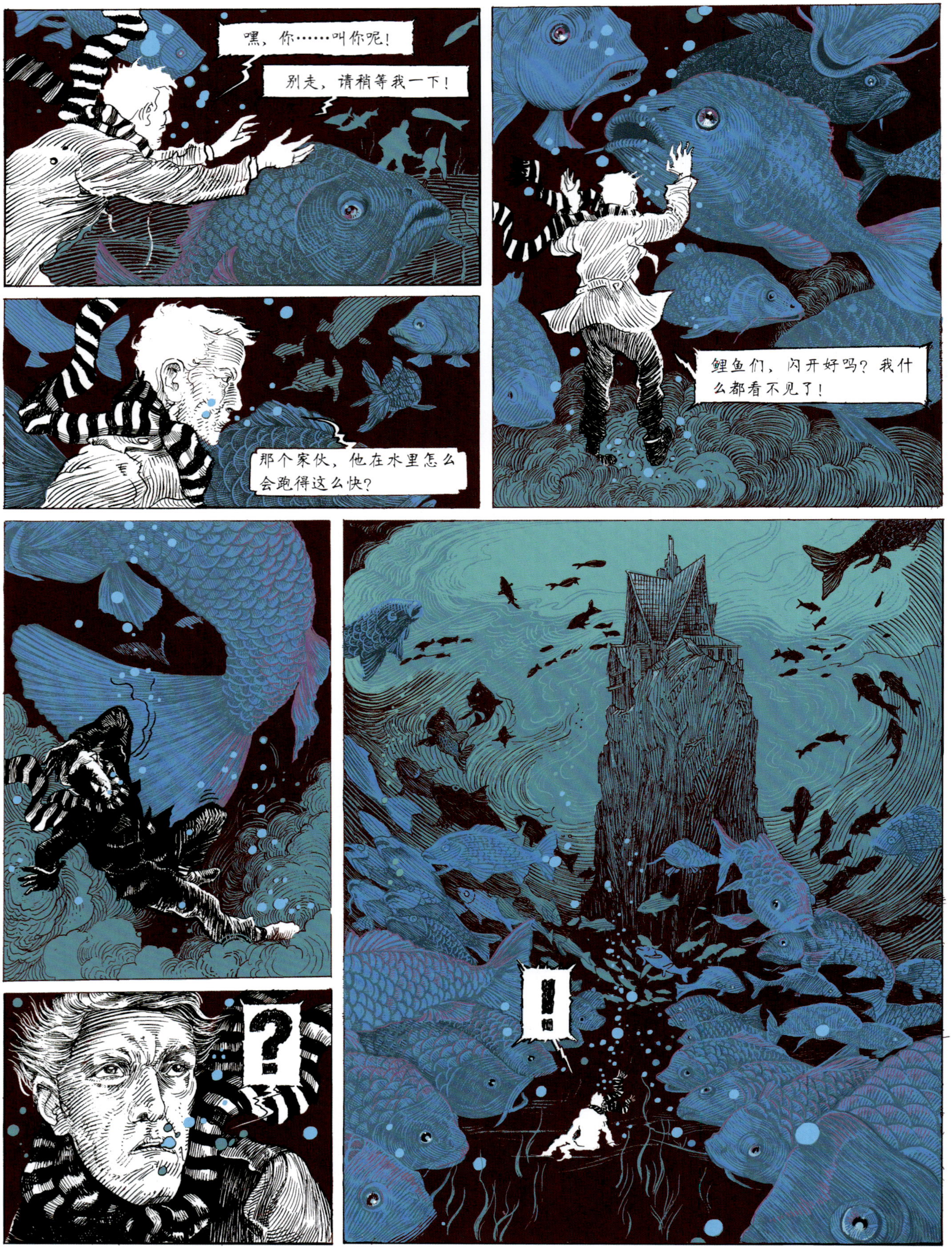

嘿，你……叫你呢！
别走，请稍等我一下！
那个家伙，他在水里怎么会跑得这么快？
鲤鱼们，闪开好吗？我什么都看不见了！
!
?

就是这本书——鲤鱼们争抢的书!

这本书有什么特别之处吗?

啊……

这是什么……

放开我！

该死，没抓住他！

拽着他的围巾！那样肯定能把他拉上来。

赶快！这么多人都在盯着我们呢！

啊……我可不想勒死他！

现在好了，警卫……不小心踏空了，不是吗？咱们大家可真够丢人现眼的！

在这么浅的水里溺水？简直让人受不了！

让我猜猜看，你是想得到大家的关注，对吧？
啊不，完全不需要。我……我只是有点走神了。
请注意，警卫先生，制造团队压力是一种适得其反的策略。我们晚上开会时，会就此问题详细讨论的。
这期间，你先去换身衣服吧，我会替你完成任务的。今天由我来负责闭园。
走神？你把我当傻子吗？我们整个下午都在找你，而你却在湖里优哉游哉地边扑腾水边“走神”。你真是给大家树了个好榜样啊，一切到此为止！
先不说了，游客们会听见。
……
看呀，我拿到这本书了，马尔多罗，我从鱼儿那里偷出来的。
什么？你冒着被解雇的风险，只是为了一本旧书？说不定还是被哪个率直的游客随手扔掉的内容很烂的书！
……算了，我不想去理解了。
我知道，这听起来很荒谬，但我有种直觉……

你还记得那几张空白的纸弄脏了你的爪子吗？
嗯嗯……然后呢？
它们和这本书的大小一模一样，很可能是从这本书上撕下来的。
GARDIEN
那又怎样呢？有什么要紧的？
正因如此啊，我感觉这本书很重要。
这是什么怪味，你没闻到吗？
？
？
啊，这是什么东西？！
！
！
老天啊，我的小屋！它们会把一切都毁了！

我在做梦吧？是鲤鱼……湖里的鲤鱼！不太对，我不是在做梦。这些鱼看起来非常真实。
就算你嫌我啰嗦，我也要再说一遍，这味儿太难闻了！
它们看起来并没有敌意……
但最好先不要掉以轻心……
它们想从我们这儿得到什么呢？它们为什么会来这里？

没时间回答问题了,马尔多罗,我们稍后再说。晚上开会我不能迟到。

那鲤鱼呢,它们会跟我们一起去吗?我们会相当惹人注目的!

哎哎哎呀,这正是我害怕的!

……它们想要这本书,它们来这儿就是为了把书拿回去!

好了,放手吧!现在它是我的了,是我光明正大赢得的!

这……这不一样,完全是两码事。

而且人常有自相矛盾的时候,你知道吗?

普罗维登斯,你的态度让我很惊讶。我还以为你梦想着有一天能够归还这些失物呢。

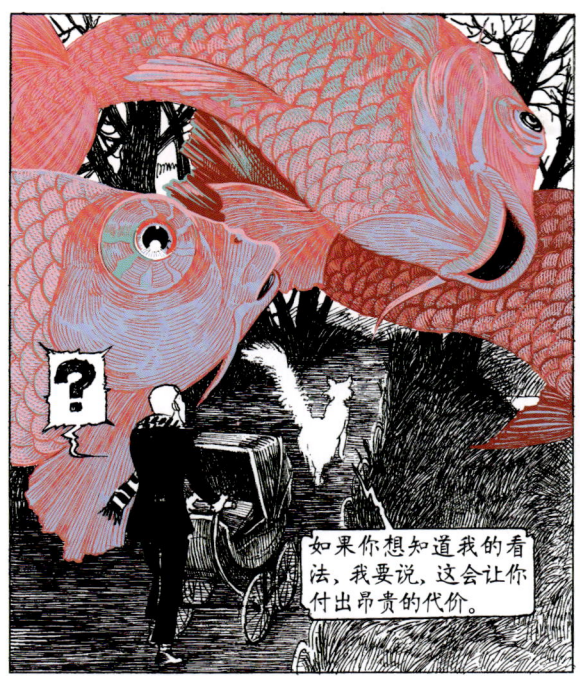

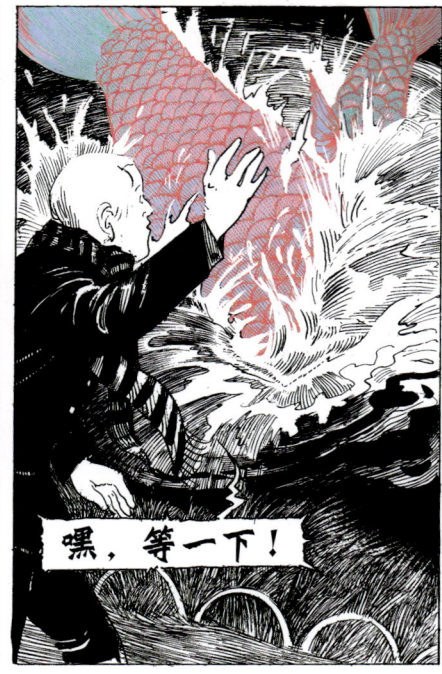

| ? | 如果你想知道我的看法,我要说,这会让你付出昂贵的代价。 | 嘿,等一下! | 它们跳回湖里了!

这是个好兆头。它们可能打算放弃这本书了。 |

你错过了一个摆脱这本书的好机会——这就是我对这件事情的看法。 快看,马尔多罗! ……那栋房子!

| 快来看哪……快看,马尔多罗!那栋房子的窗户里有光! | 我们走吧,警卫先生。你要迟到了,主管正等机会找你碴儿呢。

?

你怎么了?你什么时候开始注重纪律了?我还一直以为你们猫咪生性好奇呢…… | 没听说过"**好奇害死猫**"吗?这才是我们猫咪的箴言。

真扫兴,难道管理层收买了你?"塑料"兄弟! |

这房子，遗世独立且难以靠近……我在湖底深处见过它，它在跟着我！

……我是在充分了解事实的情况下接受这个职位的。我也很清楚，这对大家来说将是一次不小的文化冲击。这一点，我在看完上一任主管的履历后，就立刻清楚了……

没完没了地开会，一个接一个！这样下去我们吃不消的……已经四个了，她才来了不到一个月，你能想象吗？

嗯……咱们试着悄悄溜进去。

……这就是为什么每周例会如此重要。开会能让我们增进对彼此的了解，并为团队合作创造必要的凝聚力。因为我们现在是一个团队……一个必胜的团队！

……当然，这需要每个人都为之努力。不用多说，为了大家的共同利益，努力控制自己过于个人主义倾向的古怪行为。

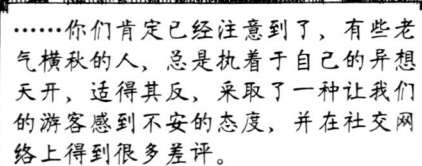

……你们肯定已经注意到了，有些老气横秋的人，总是执着于自己的异想天开，适得其反，采取了一种让我们的游客感到不安的态度，并在社交网络上得到很多差评。

每个人都随心所欲的日子已经一去不复返了，那个时代正式结束。

现在，是时候照规矩办事了。我希望每个人都能遵守新规定。

……我们拥有相同的价值观、相同的核心业务，以及共同的目标：打造全新的户外游憩空间！当然了，竞争是很激烈的，市场上的休闲活动种类十分丰富，只在公园里散步有点老套了。所以，与时俱进靠我们，开拓创新靠我们！争取让游戏厅和健身房成为不时髦的存在……

简而言之，让我们发挥创意，避免公式化的老一套，多沟通，多交流。

比如说……你那边，有什么建议吗？

我？呃……啊……

让我想想……我们有鼠患啊，老鼠多得不行……可是公园里也有猫啊，它们越来越懒了……我不知道……

立即停止喂猫！有老鼠？游客会怎么想我们啊，更不用说卫生方面了……本人正式反对此类动物的繁衍扩散，猫咪们必须振作起来，否则就会受到惩罚！
你呢，警卫先生？我们有点开局不利，但也许你有什么想法，或者建议？
?
嘘——嘘——
啥也别说，要不还得再开几小时。
我很担心那个湖，必须采取紧急措施防护一下了。湖里面发生了一些奇怪的事情，也可能是十分危险的……目前，还只是简单的泥浆翻涌上升，但鱼儿却异常躁动……
不用再说了，我完全明白了。你是想告诉我们，必须清理这个湖以消除其中的瘴气。我会正式将它提上日程的，如果这能让你放心的话。
不错呀，普罗维登斯。
很好……还有别的吗？
行吧，我根本也没抱啥希望。
……这是一个充满希望的开始。这，就是我所说的团队协作！
对了，我把书带来了。咱们来一起看看这本书吧……
?

!
啊……暴风雨要来了？竟有人知道如何缩短会议时间！
真有才啊，年轻人！
他必须得教教咱们，这招儿！
要下倾盆大雨了，给他一把雨伞吧。
万一他认出这把伞怎么办？
那有什么要紧，你总不希望他感冒吧？
喏，快拿着，警卫先生，你会用到它的。

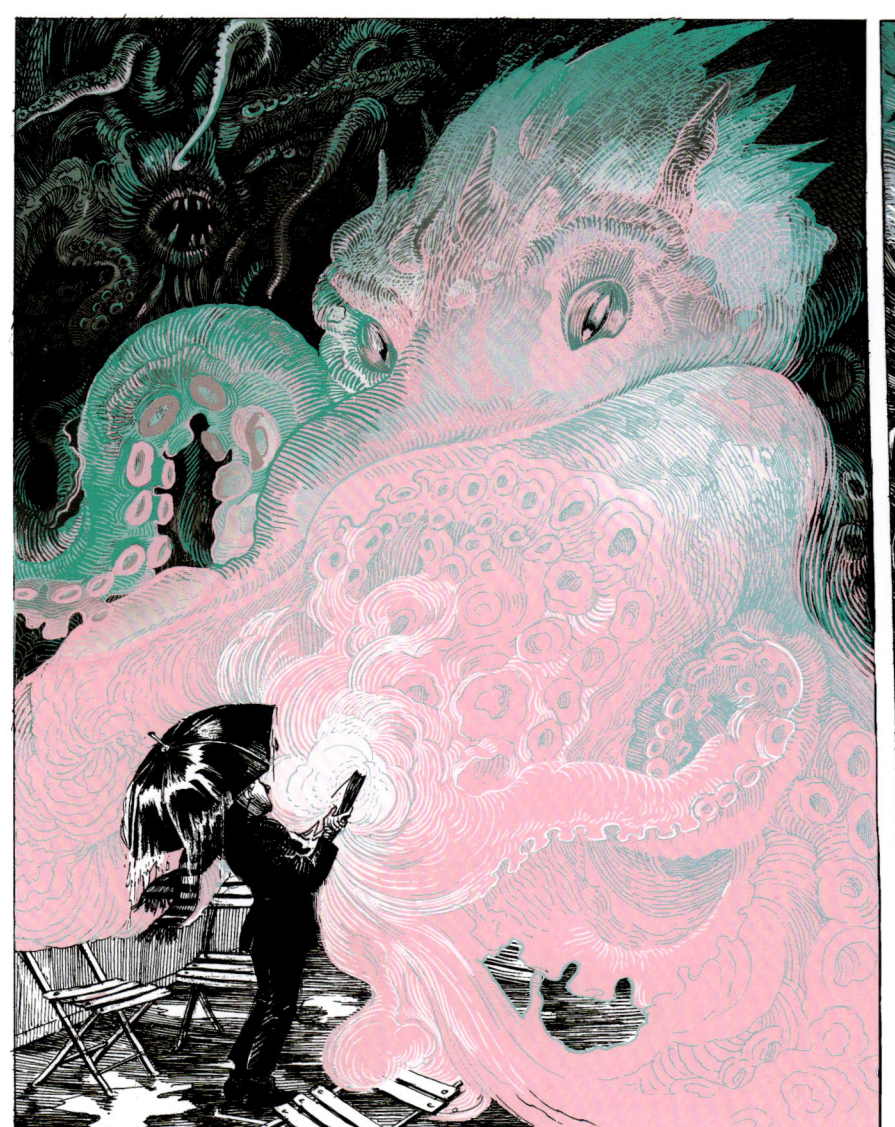

这……到底发生了什么？

不要惊慌，稳住……大家回到自己的座位！

这是怎么回事？这么多水是从哪儿来的？

呦呵，这倒不失为一种结束会议的好办法！

一定是湖里的生物在作怪！

刚才有什么东西爬得到处都是，蠕动着，还有很多触手缠住了我们。

那种感觉又冷又黏……

而且闻起来像尸体。

还想怎么着？都闭嘴！你们惊到我的马了，它很敏感，要开始尥蹶子了！

所有这些都是胡说八道、集体幻觉，是你们的大脑神经搭错线了，是你们在不顾常识地自欺欺人。

而我确定这都是你的错！警卫，你简直是个无药可救的精神病患者，你一直在诱导大家，引发大家的恐慌。

但是，说实话，和我们一样，你自己也看到这一切了，你不能否认吧？难道要掩耳盗铃，假装危险不存在吗？

危险，什么危险？在迷雾中，
什么都可能被幻想出来。
此外，我们有责任对自己脑海中
的想法进行积极引导。
好了，大家都回去睡觉
吧。明天是周末，一整
天都会很忙的。
算了，就这样吧，我们
回去吧，马尔多罗。
今晚的刺激已经够多的了，
我不会再打开这本书了。
我们会度过一个宁静
的夜晚，我向你保证。
?
看啊……又是那
栋房子！
孤独而又静谧……那里一定很安宁，那
才是我们该去的地方，马尔多罗。
先别做梦了，普罗
维登斯，还有人
等着我们野餐呢。

希望她们仨准备的食物够多。听了主管说的那些话,猫咪们肯定以为这是它们的最后一顿饱餐了。

告诉它们没什么好担心的……至少,有我在这里的时候是这样。

让我们看看都有什么吧……

朋友们,运气可真好。她们为你们准备了三个瓶子,都装得满满的。

这三位老太太真是了不起……多么过人的本领。谁看到她们把篮子塞进婴儿车里了?根本没人看见。

为我们的三位仙女教母干杯!没有她们,就没有牛奶,你们就只能吃老鼠当晚餐了。

听着，我的小伙伴想提醒你。当时它正在主管的窗户附近晒太阳。那是个避风的角落，大冷天待在那儿也很暖和，而且从那个角度我们能看见她，但她看不见我们……

好吧，她在打电话，谈论的正是你……关于能力评估、技能考核……诸如此类的东西吧。

嗯……我懂，然后呢？

没错，一听就是她嘴里说出来的话，但是我又能做什么呢？

小心她，猫咪们担心你的工作岌岌可危，警卫先生。

顺其自然吧，马尔多罗，你们别担心。啊……就是现在，月亮登场，帷幕升起，朋友们，好戏开始了！

每当夜晚来临，公园才会展露出它的真实面目。

瞧，这会儿，它们都从白天的昏睡中苏醒过来了……

谁能料想到它们的存在？然而，它们就在这里！
……埋藏于我们脚下，匍匐在树皮底下，隐藏在冰冷浑浊的湖水中，躲进古老岩石的黑暗裂缝里……它们窥伺着我们，耐心地等待时机，不慌不忙，不急不躁……
而时机一到，它们就会颠覆那些自认为是这里主人的人，打破他们的安逸和无知。到那时，谁还能阻挡它们的路？

小孩？想得美！是这本书吸引了它们。

这本书绝对是个非同寻常的东西，我不能让它落入任何人的手中！

好奇怪，它们对你的婴儿车很感兴趣，你觉得是它们喜欢小孩吗？

……即便里面的书页都是空白的！

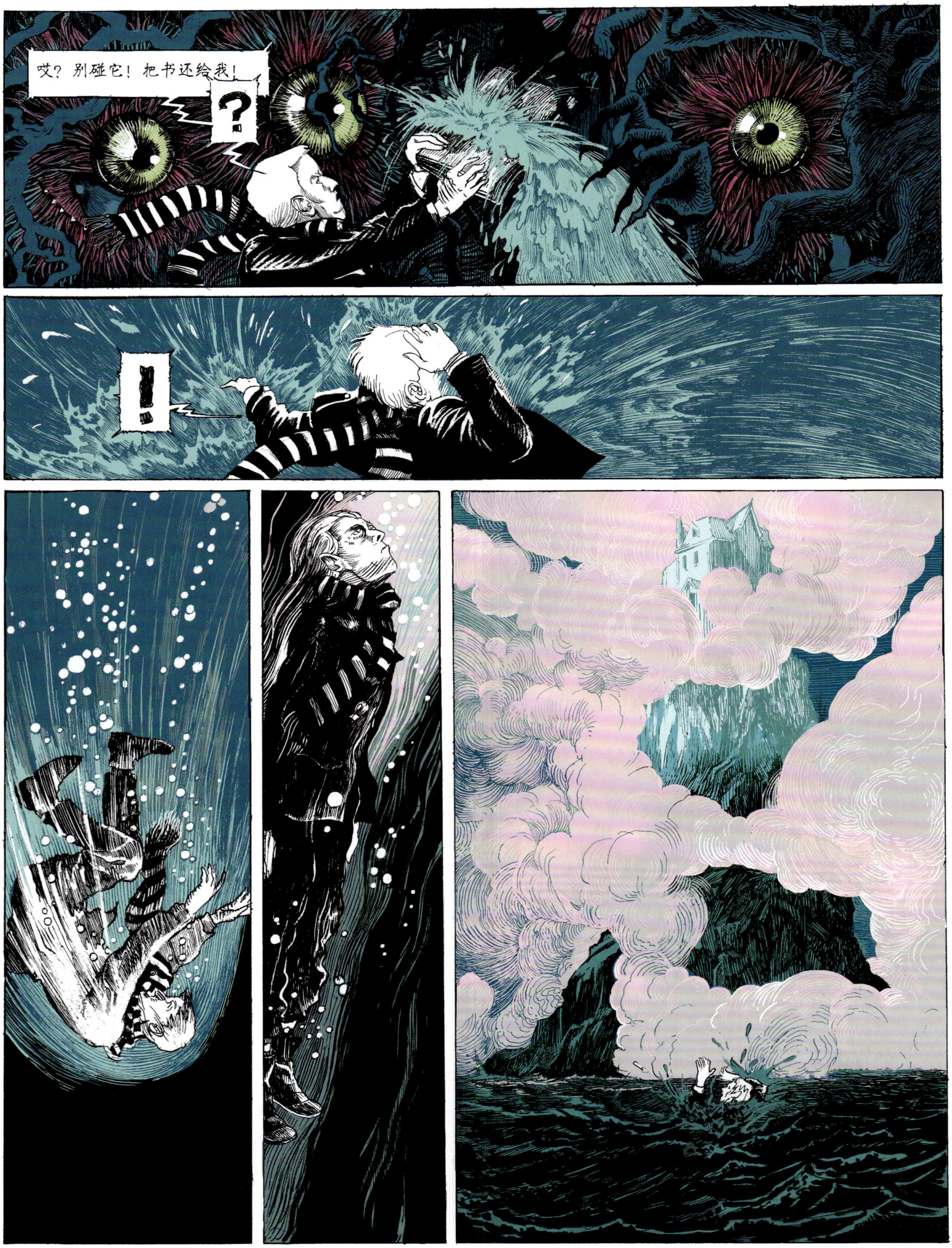
哎？别碰它！把书还给我！
?
!

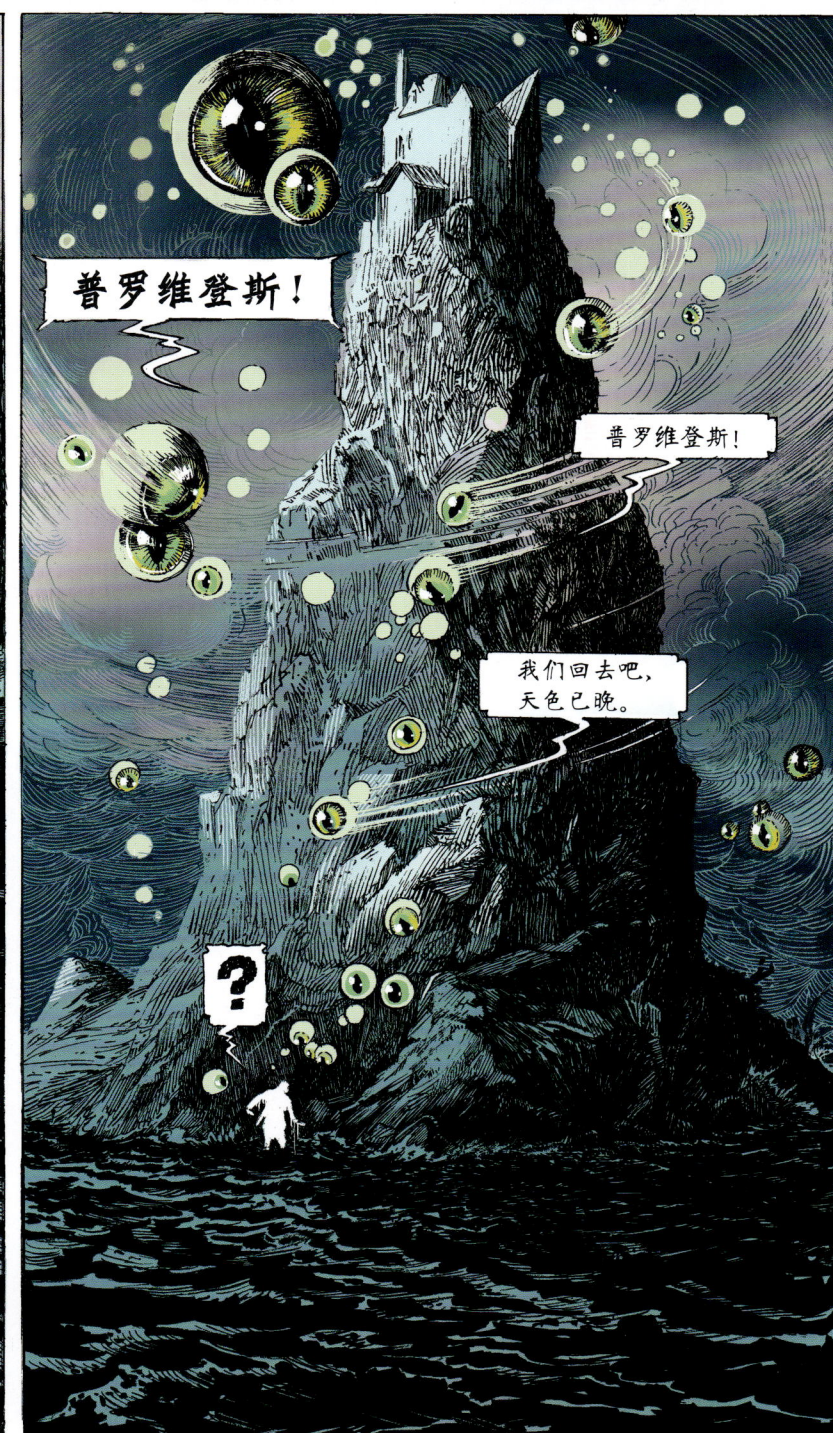

或许，如果我不再挣扎，任由自己随波逐流……

普罗维登斯！

普罗维登斯！

我们回去吧，天色已晚。

?

……水流就会把我带到它那边去。

据说，有些人可以通过猫的眼睛来判断时间，显然你还不具备这种能力。你应该多加练习！

想想你刚才还答应过我，我们会度过一个宁静的夜晚。

……如果从现在开始的话，也许还来得及弥补。

> 这些斗篷不符合规定。难道你们想让别人认为你们是女巫吗?

> 但是我们在斗篷里穿着制服呢,上面有我们的名字。斗篷会让我们更"和蔼可亲",就像你之前说的……

> 而且我们这个年纪很容易感冒,今天早上天气凉飕飕的……

其实，这一点也不奇怪。晚上游荡在公园里的尽是些亡灵的气息……这必然会导致温度下降的。 ……必然的！ 简直让我们不寒而栗……	安妮甚至能辨认出她那死去的丈夫沉重嘶哑的喘息声。 他那个人可真够难缠的！	不过我们已经摆脱他了，不用担心……

早上好，女士们，多好的天儿，不是吗？虽然有点冷，但应该会暖和起来的。

……

我已经打开了大门，游客很快就会进来了。

那我们还在等什么呢？我的马已经有点耐不住性子了。每个人都各就各位吧！

……每个人都要展现出最好的自己！

虽然这并不容易，但是人总要有梦想，梦想终有实现的一天。

真是个奇怪的女人啊……

来这边，警卫先生，你要来一份冰激凌吗？我刚进了新口味。

你知道的，我们在工作时间是不准吃东西的。

别那么拘谨，主管已经走远了。我们讲的故事可把她吓坏了，可怜的小家伙。

再说了，她肯定会说吃冰激凌能增加你的亲和力，让你更具有人情味，更容易接近……你知道吧？

哈，诸如此类的吧，这女人在职场"碎碎念"方面，无人能敌。

晚上见，警卫先生，照顾好自己。

哗哗哗！

好奇怪，探测仪频繁发出警报，但看起来似乎一切正常……

好吧，现在又不响了。

肯定是这本书让我每天紧张兮兮的，它给我的梦境带来了新的基调。

棉花糖活了！

看，棉花糖正在长高！

哇哦，太大了吧！

真好玩儿，爸爸。

天啊，棉花糖会把我们吞下去的！

噼里——啪啪——！

大家全都退后！快让开，让我过去！

你觉得那是个巨型气球吗？

我可以摸一下吗？

警卫先生，你知道这是怎么回事吗？我只是转动了一下手柄……真让主管给说对了，我肯定是个女巫！

这一定是动画特效吧！

上次，他们从湖里弄出来许多蓝色的小人儿……

那些是僵尸吗？

不是，应该是个艺术装置。如果你喜欢的话，完全可以称之为当代艺术。

快！去小屋！

光天化日！大庭广众！简直不能更糟了……而且你也注意到了，对吗？这次和公园里的小怪物们一点关系都没有，一切都是因为这本书。马尔多罗，我很肯定它是罪魁祸首！
我早就跟你说过，要小心它。
哎，怎么回事……我没关门吗？
我最近真是有点糊涂了。
普罗维登斯先生？
?
我就是，请问您是？
探员，扎多克。负责实地调查、撰写鉴定报告，以及必要时进行身体约束。上面派我来的！
你这辆推车里装的是什么？
谁让你进来的?！你在我家干什么？
现在是我在问问题。这桶黑乎乎的汤是你做的吗？它对你来说象征着什么？你预备用它做什么？请说具体一点！

听着,我现在超级忙,有事请你稍后再来。

……第欧根尼综合征?还是为了经营副业开的二手商店?

你来得真不是时候。若是平时,我很乐意读一读,但现在没时间!

哎呀!

你似乎听不明白我说的话,可你又知书达理。顺便说一句,我是精神卫生中心的。

告诉我,你堆的这些东西是什么……囤积强迫症?

噢噢,我们注意你很久了!我手头有一份关于你的详细档案。

……够了,最后再说一次,从我家滚出去!

什么情况?有叫喊声,是打架吗?这大中午的……

喂喂,朋友,理智点。你已经被盯上了,我们不会这么轻易放过你的!

可我从来没有招惹你们任何人!

真不可思议!

……有些人根本不懂公园绿地的使命是什么。

是你，普罗维登斯？营业时间还没结束，谁允许你招待朋友的？
你们像鬣狗一样乱叫，让公园充满了负能量。游客们怎么能放松呢？
我是精神卫生中心的探员，扎多克。我们接到电话，说这里有个人处于精神分裂状态……
所以你觉得你就有权穿着这样一身会引起大众焦虑的制服，在我们这个专供家庭休闲娱乐的地方晃悠吗？
……作为从事职业医疗保健工作的你，更应该注意这一点啊！
是精神卫生，亲爱的女士。我们还要对你的着装，以及公园里这只动物的存在提出异议呢！
那我奉劝您立刻打住：马术不仅是一项高雅运动，在未来更是一种价值观的体现！
户外活动总体来说都是健康有益的。如果你在医疗保健方面没有学过这些知识，我们就没有什么可说的了。不耽误您了，好走不送！
好吧，我走，但你还会再见到我们的，相信我！
……因为精神卫生中心从不轻率结案、草草了事。

是你打电话叫他们来的？！	但他们要对付的人是我，他们会紧紧缠着我不放的！
我如何使用电话跟你有什么关系？	这么说吧，普罗维登斯，这个公园由我负责，我是不会轻易被吓倒的！

……无论是被这个蹩脚医生，还是被你那些可疑的恶作剧。难道不是吗？售货亭里弥漫的烟雾，棉花糖摊上冒出来的充气玩具……至少我们可以讨论一下吧。我并不反对现场表演，但这是一个极具挑战性的领域。

好了，我们回头再谈。望着湖面太久，让我的马变忧郁了。

在此之前，我不会再容忍你任何自作主张的行为了！	我说过咱们没时间了！
你看，马尔多罗，我需要的只是一个安静的角落，一点平静的……	呃……别介意，普罗维登斯，我们只是路过。 嗯……什么？

我这地方，真是没有片刻安宁！我能问问你们拿这些东西想干什么吗？
别误会，警卫先生……
表面看，我们确实有些不妥。
但我们可不是小偷啊，你知道的。
我们已经听说精神卫生中心的事了，我们做的这一切都是为了你！
那些家伙对整洁卫生的要求很高。
所以，我们就想顺便帮你清理一下……
下次检查之前，得把屋子收拾干净才行。再加上主管经常强调“风水”，所以……
……老实说，卖掉这些也可以帮我们赚点外快。
如果能帮助我们，你不是也会感到安慰吗？我们只领到了一点微薄的退休金，寡妇的薪水着实少得可怜哪！
这个世界是残酷无情的，警卫先生，我们都要学会如何生存。你也应该效仿我们。
我们更有经验，一定会帮助你的。
帮助我？那就让我一个人待会儿吧，我需要休息一下。
关门上锁，以防万一！
老实说，姐妹们，我不知道他还能撑多久……
是啊，也许该找个更可靠的盟友了。

依我看，这不是她们第一次进来了……我也想知道，我是怎么忍受这一切的！
我要坐几分钟，闭目养神一会儿。你来替我把风好吗，马尔多罗？
……这么多人来来去去的……
……希望没有人碰过我的书……
我的书？

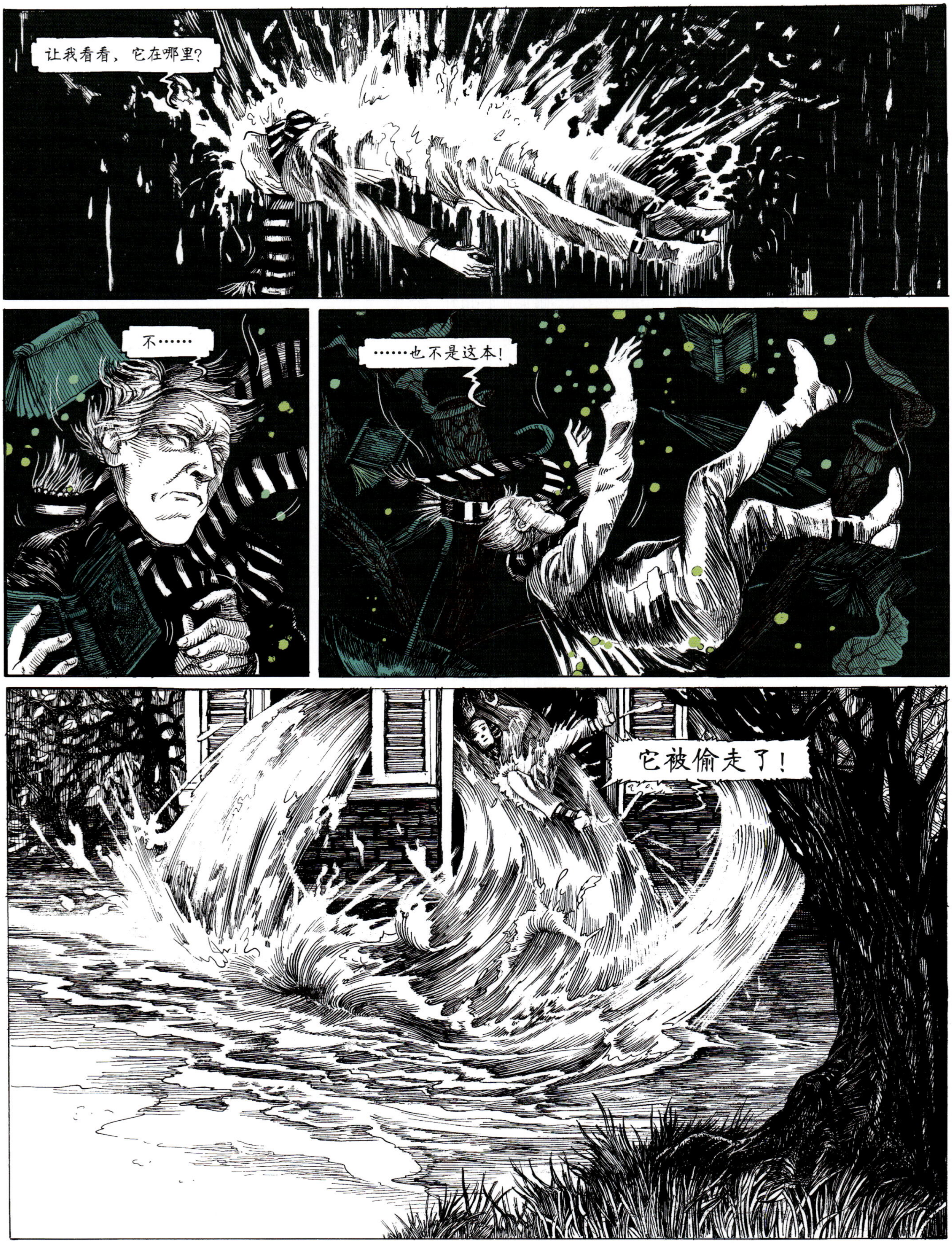
让我看看，它在哪里？
不……
……也不是这本！
它被偷走了！

噢呼……我一定是踩空了一级台阶。

梦境变得越来越危险了！

老天爷，我的书！我敢肯定是被那些老太婆拿走了。

我必须尽快夺回它，她们根本不知道自己手里拿着什么。

一摊一摊的墨水！天哪，整条路上都是！

我有一种感觉，这些印迹会把我们直接引到，我禁止她们攀爬的那棵大树那儿去。

看，是那个警卫……他又在梦游呢。他甚至没有注意到我们。

来吧，我们跟着他去看看。

你疯了吧？好不容易这次他不再烦我们了。

- 居然弄得到处都是!游客会抱怨的,然后责任又会落到我头上。
- 他在自言自语。
- 嘘!
- 我必须在这些东西浸透地面之前,把它们清理干净,否则这座公园就无法挽救了。
- 那儿,在树干上面,看,马尔多罗,有什么东西在流……
- 找到了,老太婆的藏身之树!好吧,看来我只好爬上去了。
- 看起来像是血,不是吗?
- 是不是有人死了,你正在调查?
- 我们可以帮助你!我们什么都不怕,而且我们很有本事。
- 你们在胡思乱想什么?我正在执行清洁任务——有些东西泄漏了!
- 这是一具千年古尸的血,对不对?
- 或者,是湖中怪物的口水黏液,它爬进森林里了!
- 快告诉我们吧,讲述离奇的事情一向是你的强项啊。
- **你终于来了!**
- 哎呀,情况不妙!

我找了你一小时了！
快回去吧，孩子们，公园要关门了……你们已经吸饱了足够的氧气，再多就会有副作用了……
呃，现在天还亮着呢……
平常都是警卫先生吹口哨赶我们走的啊。
好吧，我们走。
没想到你这么受欢迎，我以前听说孩子们都害怕你，躲着你呢！
哦，那些小孩才是名副其实的鬼见愁。
哎，你脸上有道痕迹，你受伤了吗？
帮帮忙，你自己处理好吧。别惹上什么医疗保健方面的麻烦。那个家伙非常难缠，甩都甩不掉。好像我很闲，没有别的事要做似的。
“难缠的家伙”，你是说精神卫生中心那个人吗？
我说的就是那群真真正正的精神病，他们威胁着要在这里扎根。我不过是请他们帮个小忙，结果就再也无法摆脱他们了。
走吧，跟我来，我们需要开个小会。
我召开了一次特别会议，会议的主题你们应该会喜欢。这套方法一定不会再让你们无动于衷了，你会看到的……
我们将成立一个智囊团，组建一个类似实验室的东西，研究如何革新城市公园绿地的精神，将其与更为全球化的自然概念联系起来……也许你已经有想法了？

啊，他们来了，希望没有人迟到。
喔喔喔，发生什么事了？你们对我的马做了什么？
是它袭击了我们！
来，冷静点，不要被吓得不知所措。大家深呼吸，然后坐到地上。
我特意在空地上召开这次会议，有一个目的，就是想让大家有所感悟。
……因为你们脚下的这片土地不仅仅是你们的生产工具，也是你们的本源，是你们自己的一部分。今晚，我请求你们从这个角度来看待它……
现代人已经破坏了他们与世界的本能联系……
出事了！不好了！
……而我们公园绿地的使命在此刻显得尤为重要，就是要修复这种联系。
老太太们都不见了！啊，我是说，我们的那几位资深员工……
?!

67

快，警卫先生，我们不能待在这里！
大家都在找你们，你们刚才去哪儿了？
晚点再说，普罗维登斯，会被人听到的。
啊，不，不，不！除非你们清楚地告诉我，你们在搞什么鬼？否则我不会移动半步的！
即使我们危在旦夕，你也不在乎吗？
你得把我们藏起来，警卫先生！
你们在担心什么？据我所知，主管从未说过要解雇你们。
不是关于这些，事情严重得多，相信我们。
如果能到小岛上去，我们就安全了。
是的，躲在天鹅巢里，就不会有人能找到我们了！
我跟你们说过，我需要一个解释！

好了，划得够远了，可以说了吧？
是这样……你的好奇心是合情合理的，但我们在浪费宝贵的时间，所以说……
……我们是故意逃避开会的。到了我们这个年纪，总能找到点有说服力的借口。结果，我们正要关上百叶窗的时候，看到了那些……
……那可怕的模样，公园里到处都是！更确切地说，它所到之处无一不……你确定你不想继续划船吗？
它？你们想说谁？
啊，要是我们把它从你桌子上拿走之前，能认出它来就好了，警卫先生。
我们本以为它会是一个很好的记账本。
这像话吗？你们承认了，是你们偷了我的书！
你最好感谢我们。
而且，那本书也不是你的，是我们先发现它的。
当时上面还有字，可以阅读。它讲述了很多恐怖的故事。
你不知道，书页一直在分泌着什么，而且流得到处都是！呃……一想到它，我就毛骨悚然。它很危险，普罗维登斯，当心，不要接触它！

于是我们试图甩掉它，就把它扔进了湖里。

但它却设法重新浮出水面，变得像雪一样白。而这一次，是你把它捞起来的。

……不要自欺欺人了，书里的黑暗内容并没有消失！

没错，你们不应该去碰它。但我不一样，我不害怕可怕的事物，我甚至对此很感兴趣。

所以，就让我来处理这个棘手的问题吧。走吧，我带你们回去。

千万不要，普罗维登斯！快点让我们靠岸吧，我们不想回去！

你们不能在这么潮湿的地方过夜。对你们这个年纪的人来说，这可能是致命的……你们想过吗？看到这儿的雾了吗？

好就好在这里的雾很大，警卫先生。

大雾暂时还可以保护我们，但长此以往不是办法。

说实话，我从没想过你们会这么焦虑，我甚至觉得你们是那种很大胆的人啊。
你还是没明白，警卫先生……湖水并没有洗干净这本被诅咒的书，它的墨水现在灌满了湖底！
……它在努力把湖水变成某种可怕的通道，普罗维登斯。
你现在必须把这片湖当作一只黑色的眼睛——一只警觉的怪物之眼。
“另一边”的黑暗势力正在看着我们，监视着我们！
?
!
!
!
我跟你们说，这和我们一点关系都没有！你们没听说过气候变化带来的影响吗？！
不好，是精神卫生中心的人，他们发现我们了！
……这是雾，不是烟！这个季节太热了，所以会产生冷凝，懂了吗？其实并不复杂！
什么？潜在的黑暗能量？！你在说什么啊？你的科学知识肯定都还给老师了，你该回去上课重修一下了。继续教育还有专门的奖学金呢，你知道吧？
他们会给我们戴上电极，然后把我们关进疯人院的。
你们知道的，他们想抓的人其实是我，不是你们！
如果他们找到我们，我们就完蛋了！

我去解决一下……

不，警卫先生，不要去！

在这个岛上？完全不可能的！我们公园里的天鹅正在这儿筑巢呢！

你根本不知道你要和谁打交道！干脆和我们一起躲在这里吧。

好了，谈话结束，各位请便吧！

用不了多久的。我想，我知道你们把书藏在哪儿了。

我要去找那本书。

你说什么？天鹅不在秋天产卵孵蛋？！现在已经没有什么季节规律可言了，人人都知道啊！

现在已经太迟了。

快走吧，姐妹们，事情要糟糕了！

老板，呃，夫人，我们找到小艇了。老太婆们……呃，我们的资深员工一定用过它，它就漂在湖面上。

太好了！希望她们没有淹死……先生们，我要走了，我有很严肃的事情要处理，我的员工正处于危机之中！

好了，快走吧！你们知道出去的路。

出去后，麻烦从外面把门关上。

是那些棉花糖怪物！所以说，它并不是昙花一现的东西。

有什么新事物正在侵蚀公园！老太婆们肯定也感觉到了，就像我一样。

我想，你一定很自豪吧，普罗维登斯？

?

别害怕，我们没有恶意，大家都是朋友。

树怪！这些乱七八糟的恶心东西已经在你的小天地里扎根了！

就是你，警卫先生，是你引狼入室，把它带进来的。

这还仅仅是个开始！从现在起，你必须信任我们……

这样的生物我在这里遇见过很多，这并不是第一个！

……而它还没有你们可怕！精神卫生中心……简直可笑！

我不是傻瓜，你们装腔作势可骗不了我！

退后！不要靠近我！

把书……

交给我们！

那本书是我的，我还打算要好好研读呢！
不管付出什么代价，你都要占有它？你确定你能承受得了吗？
!
?
来不及了，伙计们，恶果已经铸成！
那扇门现在已经打开了！！！
那三个老太太呢，我们该拿她们怎么办？不能让她们逍遥法外！

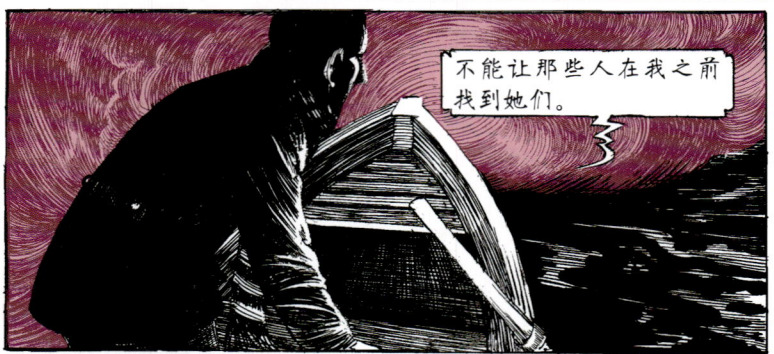

真是让人摸不着头脑!为什么他们非要追着三姐妹不放呢?

我不该把她们留在岛上。

不能让那些人在我之前找到她们。

……哎,我好像听到什么动静了……

但是要小心,我们必须表现得十分可信!

啊,她们在那儿呢!

你确定这是个好主意吗?我在想,这还是我们这个年龄该做的事吗?

难道你想回去吗?我们对未来的计划,你也全都放弃了吗?我反正不会!

女人当自强啊!姐妹们,现在普罗维登斯已经帮不了我们了。

至于她,我们之前判断得太草率了。

她是有一些自己的小毛病没错,但现在我们必须得把赌注押在她身上了……

咱们这位新主管总比那些大胡子魔鬼强！
可怜的警卫，他会感到孤独的。
他已经到了该独立的年龄，不需要有人照顾他了。再说，对我们来说，他也太老古董、死脑筋了。
不要！
当心，姐妹们……
……这就来了！
我们闭上眼睛，屏住呼吸！

快，快，该死！她们会淹死的！
如果我是你，就不会靠近那里！
?
马尔多罗，你是从哪儿冒出来的？
我是来阻止你犯傻的。
我们快走吧，你在这里也无能为力。
但是，你看啊！
换句话说，她们不再需要你了。
太惨了，这完全是那个该死的精神卫生中心的错……
退后，普罗维登斯，千万不要露面！
老板……呃，不，夫人……在这里，我看到她们了！

快点！快把她们捞上来！

依我看，她们已经不行了。

就让主管来处理这一切吧！

这……看起来好像是集体自杀。

不要妄下判断，好吗？尤其是在你也不是专业人士的情况下！

不管怎么说……也不是什么人都能在这么浅的水里淹死啊！

呵……看来，我们精神卫生中心又来活儿了。可以说，对此我毫不惊讶。

又是你们！可真是哪都有你们啊……我想，我已经叫你们离开公园了！

其实很简单：我们保护世界免受侵害，防止有害物质的扩散，以及……

我也是啊，我也在与污染作斗争！

事到如今，你们已经无法掌控了。交给我们吧，我们才是专业人士。

那么，您到底是哪方面的专业人士呢？尽管我对企业文化这一块了如指掌，但对你们还是一无所知。

79

老板……呃，她们还活着！！！
好极了！快，一刻也不能耽搁。帮她们擦干，让她们暖和起来。加油，火速！
至于你们，赶紧滚！否则我就打电话给你们的上级部门。局面显然已经控制住了，我不想再看到你们了！
出去记得把门关好，这里不欢迎你们！
我们必须把大门的锁给换掉，简直什么人都可以大摇大摆地进来……
提醒我跟警卫说一下换锁这个事。
别担心，普罗维登斯，会有人好好照顾她们的。我们去找那本污染公园的书吧。

你说得对，马尔多罗，这是目前最好的处理方式。

哗哗哗——

哎呀，这些探测仪都疯了！幸好公园已经关门了。

看，又是这些墨水！一切的根源都是它，甚至包括那个所谓的精神卫生中心！

我可警告过你，不要碰那本书和那些脱落的空白页。

好了，不要这么消极嘛，我们又不是第一次看到这些怪物……我对这个新物种倒也不反感……

我承认，虽然它们更黏稠、阴暗、多刺、锋利和扭曲，但随着时间的推移，我应该能够驯服它们……

我们销毁那本书吧，普罗维登斯。

喂，放开我！

天啊，这又是什么情况？

咔嗒嗒嗒 咔嗒嗒嗒 咔嗒嗒嗒

放……
?
警卫先生！
咔嗒咯啦
咔嗒咯啦
警卫先生！
警卫先生！警卫先生！
快来看呀……有好多可疑的人在公园里走来走去！
!
孩子们？大半夜的？好家伙，你们知道现在是闭园时间吧？
知道，当然知道，但我们就住在这附近。
而且，有这么多奇怪的人出没，我们当然得来提醒你。
我们是从窗户看到这一切的……
好了，玩笑开够了。我送你们回家，你们的父母会担心的。
当然，马得留在这里。
那我们也要留在这里，反正我们的父母都在朋友家呢。
!
看到什么了？
发生什么事了？
你又怎么了，警卫先生？

你听说过白日梦障碍，或者强迫型幻想症吗？

就像是一种强迫症吧，但程度更严重一些。目前这方面的研究还很少。

不过我妈妈说，疾病总有一天能治好的，不必担心。

算了，别管他了。一直盯着空气看，搞不好我们也会看到什么东西的……走吧，其他人在叫我们呢。

快，快来看啊！

我们找到了一本魔法书！

它湿透了……我们要玩寻宝游戏吗？
那是我的书！
快放下！不要碰它！
快点，还给我！它非常危险，我不是在开玩笑！
啊，是吗？它能有什么危险？
回来，倒霉孩子！
如果它有这样的魔力，我们也想玩玩。
回来……
该死的雾！
……还有该死的小崽子们！
什么白日梦障碍，简直胡说八道……
？

警卫先生，警卫先生，下来和我们一起游泳吧。

今晚的水真好喝呀。

……而且瀑布潺潺，溪水如此轻柔。

想到你之前一直不让我们靠近这里，真不敢相信！

你是想独享这里，对吗？

这可不太好！

我们非常生气，你知道吗？但我们还有更重要的事要做，对吧？

噢，孩子们，这太可怕了！你们的父母会怎么说？你们看到自己的脑袋了吗？跟鲱鱼一模一样……你们变成怪物了！
来，也许现在还不算太晚。你们把书还给我，然后回家睡觉吧。
还给我……
做梦！想都别想，哼！
我们感觉很好，是你太紧张了。放轻松……试试瑜伽或者……冥想。
孩子们，赶紧回来！
我必须做点什么，否则我永远也无法原谅自己。
警卫先生。
一起来洗个澡吧。
你说得没错……我甚至认为已经到了最坏的地步。
大事不好了，普罗维登斯！

快看他们，到处玩水，好像什么都没发生过一样……

也许当他们不得不开始流浪、到处晃荡的时候，才会改变主意吧。

你知道吗，这一点都不好笑……而且，这一切都是我的错！

我得追上他们，这些孩子必须回到他们原本的世界里！

喔噢噢噢！

?!

别那么着急！

好啊，普罗维登斯，还是那么抗拒我们精神卫生中心的人？

是这本书给你带来了不好的联想和灵感。如果我们再不采取措施，你那位亲爱的领导没办法不注意到，你给她整洁有序的小世界引来了什么麻烦。

不要自责，亲爱的，我们都习惯了，毕竟看到我们出现，从来都没啥好事……但你也得承认，你已经太出格了……

我不需要你们，我自己能应付得了！

别逞强了，走吧……我们经验更丰富，一切都会好起来的。

什么"经验"？我才不需要！可能就连你们，也只是我想象出来的……

啊，那不好意思了，精神卫生中心这个机关可是存在已久。

呦呵，警卫先生！

我们打破了潜水闭气的纪录！！

多么混乱的局面啊，普罗维登斯！那些可怜的孩子，你预备怎么救他们呢？

他想要逃跑！

88

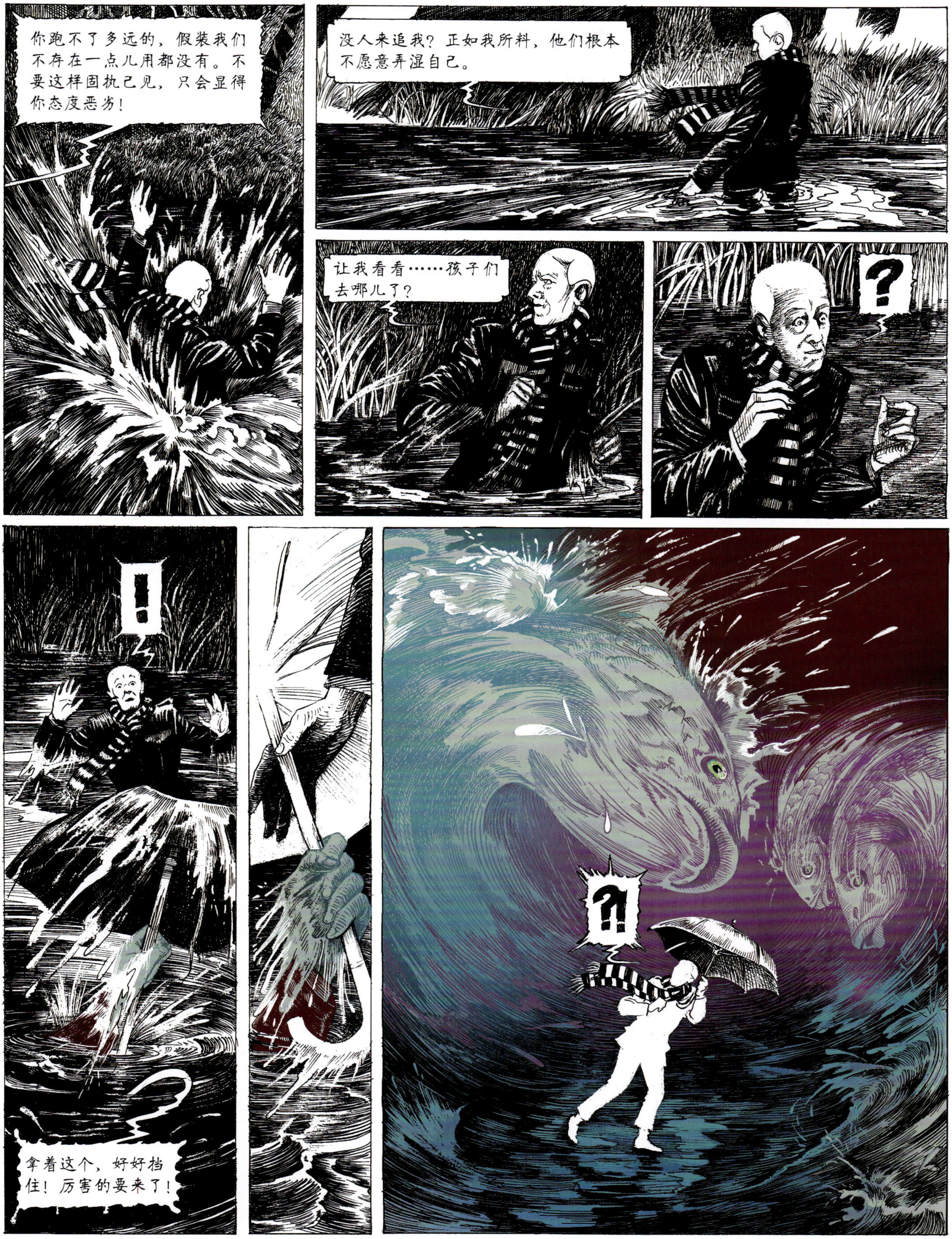

你跑不了多远的，假装我们不存在一点儿用都没有。不要这样固执己见，只会显得你态度恶劣！
没人来追我？正如我所料，他们根本不愿意弄湿自己。
让我看看……孩子们去哪儿了？
?
!
拿着这个，好好挡住！厉害的要来了！
?!

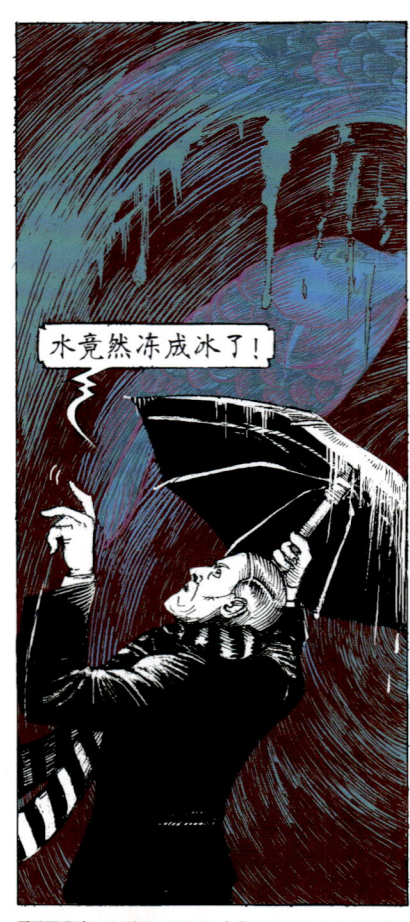

水竟然冻成冰了!

但是,估计撑不了多久,我得快点行动。

孩子们……

我怎么才能在这群鱼中分辨出他们呢?

不要慌,他们肯定还没有完全变形!

孩……

?!

那栋奇怪的、高耸的房子……这些幸运的小家伙,也许已经在那里安顿下来了?

又是那栋房子!

我一定要想办法搞清楚！
哎哟！
这又是什么情况？
？
我们打破了潜水闭气的纪录！
呯呯
喂！孩子们，全都给我回来！
孩子们……是你们吗？
是的，是我们呀，我们已经玩够了。现在，我们想回家了。
在这种状态下吗？见到你们的父母要怎么解释呢……你们考虑过吗？
哎呀，没关系，我们会找一个好借口的。
给，你的书，还给你。
说真的，我们玩得很开心，但后来还是觉得有点腻了。

说得太对了！来吧，普罗维登斯，你也闹够了吧？别管这些可怕的小蝌蚪了，跟我们回精神卫生中心吧！

?

你很清楚，这是最明智的选择。

那些奇怪的人……

就是他们，警卫先生。

他们是坏人！就像书里写的那样。

就是那本书……快把它交出来！

快，警卫先生，我们走！别光站在这儿发愣！

准备好采取强制约束了吗，伙计们？

他在干什么啊？

不能这样等着被他们抓走啊！

一……

二……

咔嗒 咔嗒

? ?

湖水！！！

……又落下来了！

我们会被吞没的！

呜，好冷啊！赶快上岸吧。

只剩下我们了，他们全都不见了。

我举双手赞成不等他们了。

走吧，咱们去我家吧。

等等，警卫先生呢？我们不能就这样丢下他不管！

那现在该怎么办？你看到他在什么地方了吗？

我，我能看见他……虽然有点模糊，但他就在那里！

他只是需要点时间浮出水面……他在走路……

……就像梦游一样……

他在寻找什么……他在找楼梯……

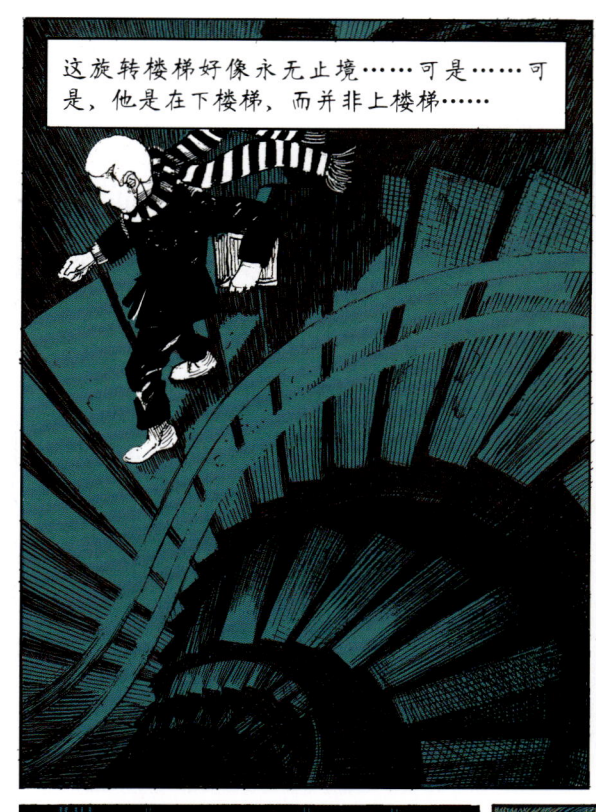

| 这旋转楼梯好像永无止境……可是……可是，他是在下楼梯，而并非上楼梯…… | 嘿，警卫先生，回来啊……他听不见我说话。他在往下走，一步接着一步……他下了足足一百级台阶。 | ……然后又下了七百级。 |

| 他快成功了，我能感觉到……他就快要找到了…… | 他发觉周围的事物既陌生又熟悉。 | 但是，我好像要跟丢了！警卫先生？喂，警卫先生！ |

你能听到我说话吗，警卫先生？

……他在装死。

普罗维登斯！

普罗维登斯！
普罗维登斯？
你来了，马尔多罗……你也发现那个长楼梯了吗？
我们一直都知道它的存在。我们想一起陪着你。
你需要我们的帮助，才能跳过去。
你准备好了吗？

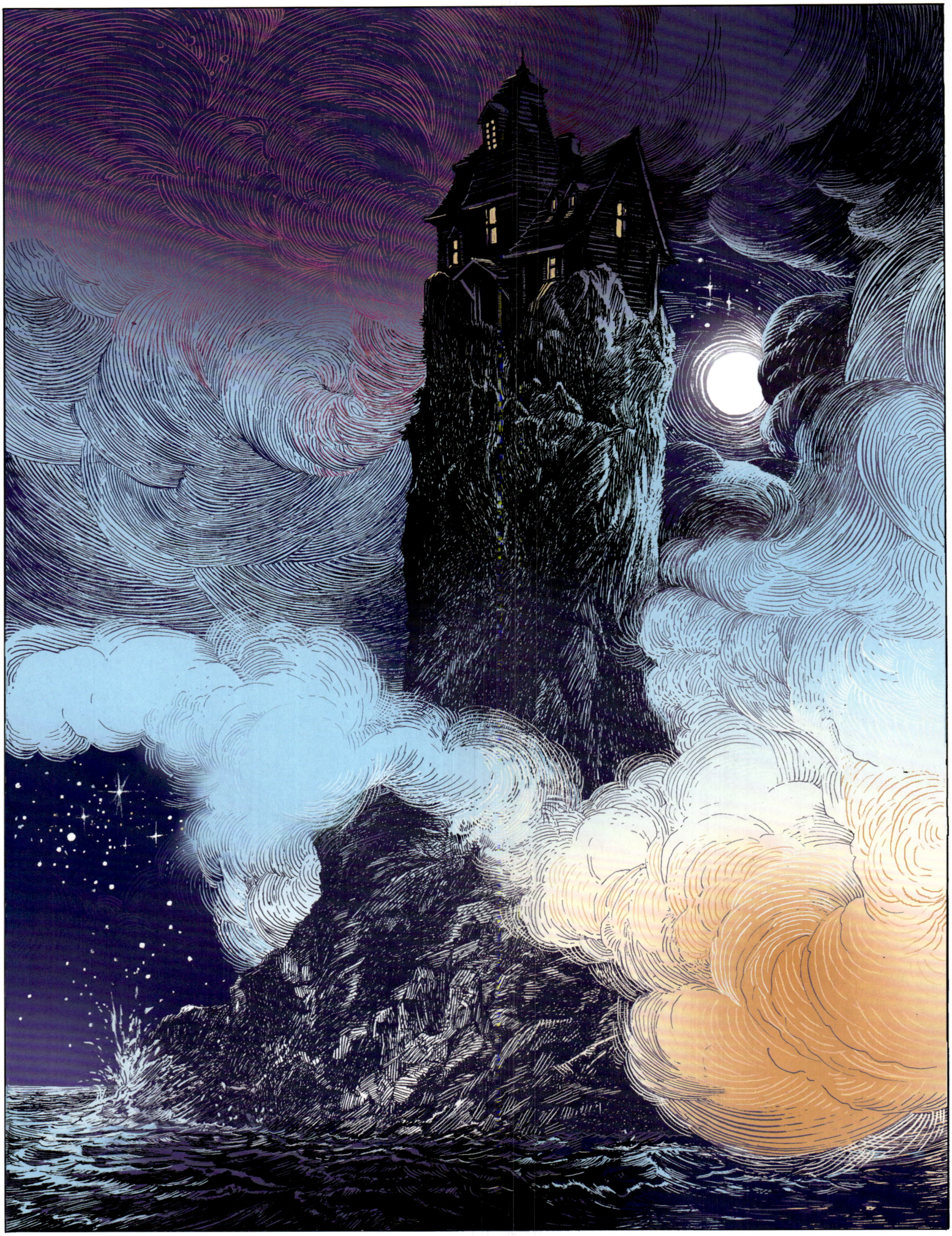

* 马背疗法是指人们在心理健康专家的指导下,通过为马儿梳理、喂食及遛马等活动,辅助治疗心理或精神类创伤的方法。

不要自责，亲爱的，肯定是那些精神卫生中心的人把它带走了。
他们还有动物恐惧症！但你不会让他们得逞的。必须禁止他们进入公园，这些人显然一点进步的觉悟都没有。
他们利用你对我们的关怀，想借机把他们狭隘的观点强加给我们。
没错，是我退让了。我没有适时出击，向他们施加压力。怪我……
不要对自己太苛刻了……你凡事以人为本，这不正是你管理理念的核心吗？
来，拿着这条百分百纯天然的围巾，是我们亲手织的。
话说回来，今天早上有人看到警卫吗？
……还是他也凭空消失了？
没有，哪儿的话，他辞职走了。他找到了一份更适合自己的工作。不过他留下一封信，解释了一切。
如果你愿意的话，我可以读给你听。
这是一则长篇大论的隐喻，你只需把它当作一个简单的消息来看待。他的思维方式就是这样。
他仍然是一名警卫，但显然换了个地方……这篇类似动物寓言的东西，风格稍微有点晦暗。
不过像你这样爱动物的人，应该会喜欢的。

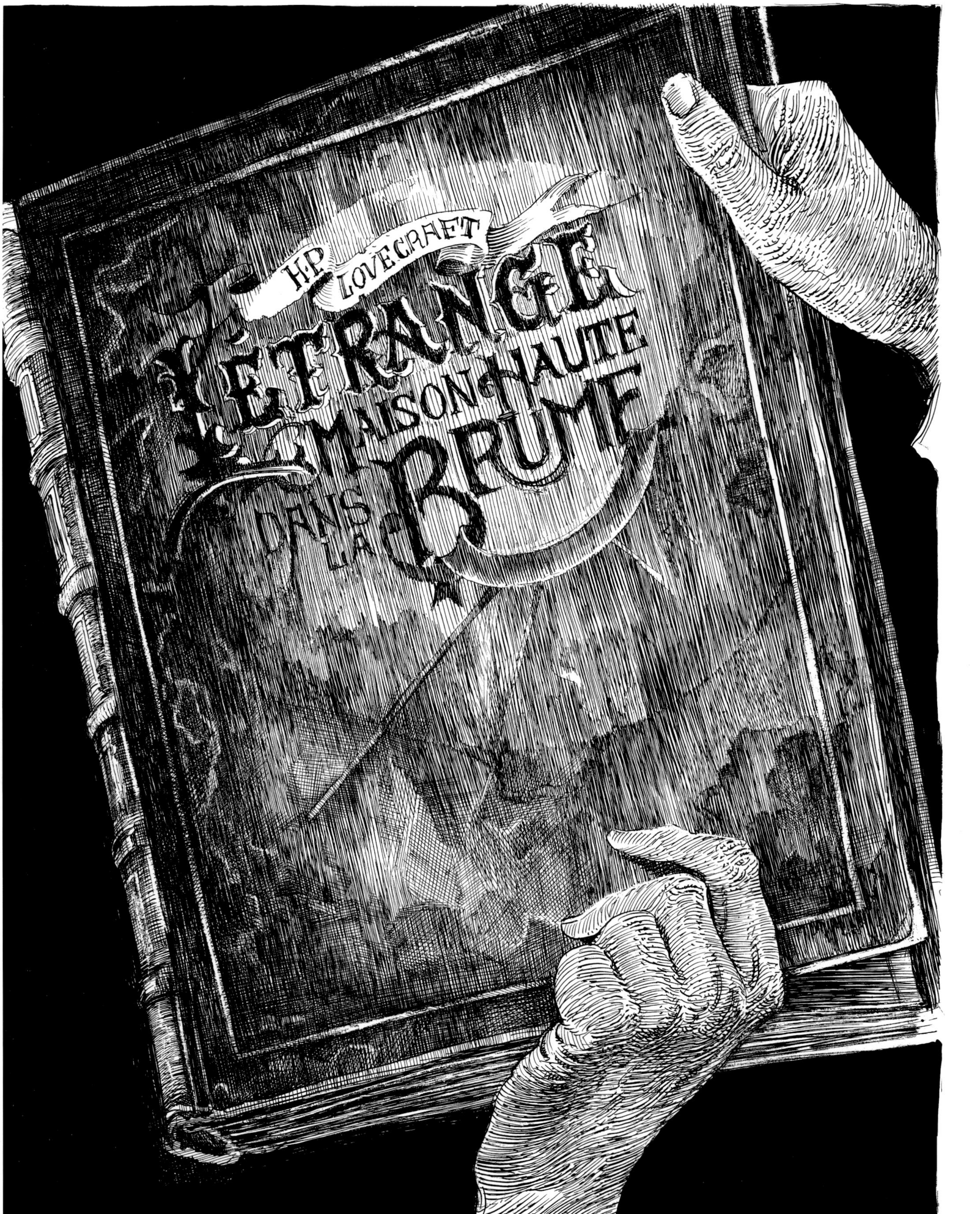
H.P. LOVECRAFT
L'ÉTRANGE MAISON HAUTE DANS LA BRUME

《雾中怪屋》

H.P. 洛夫克拉夫特　著

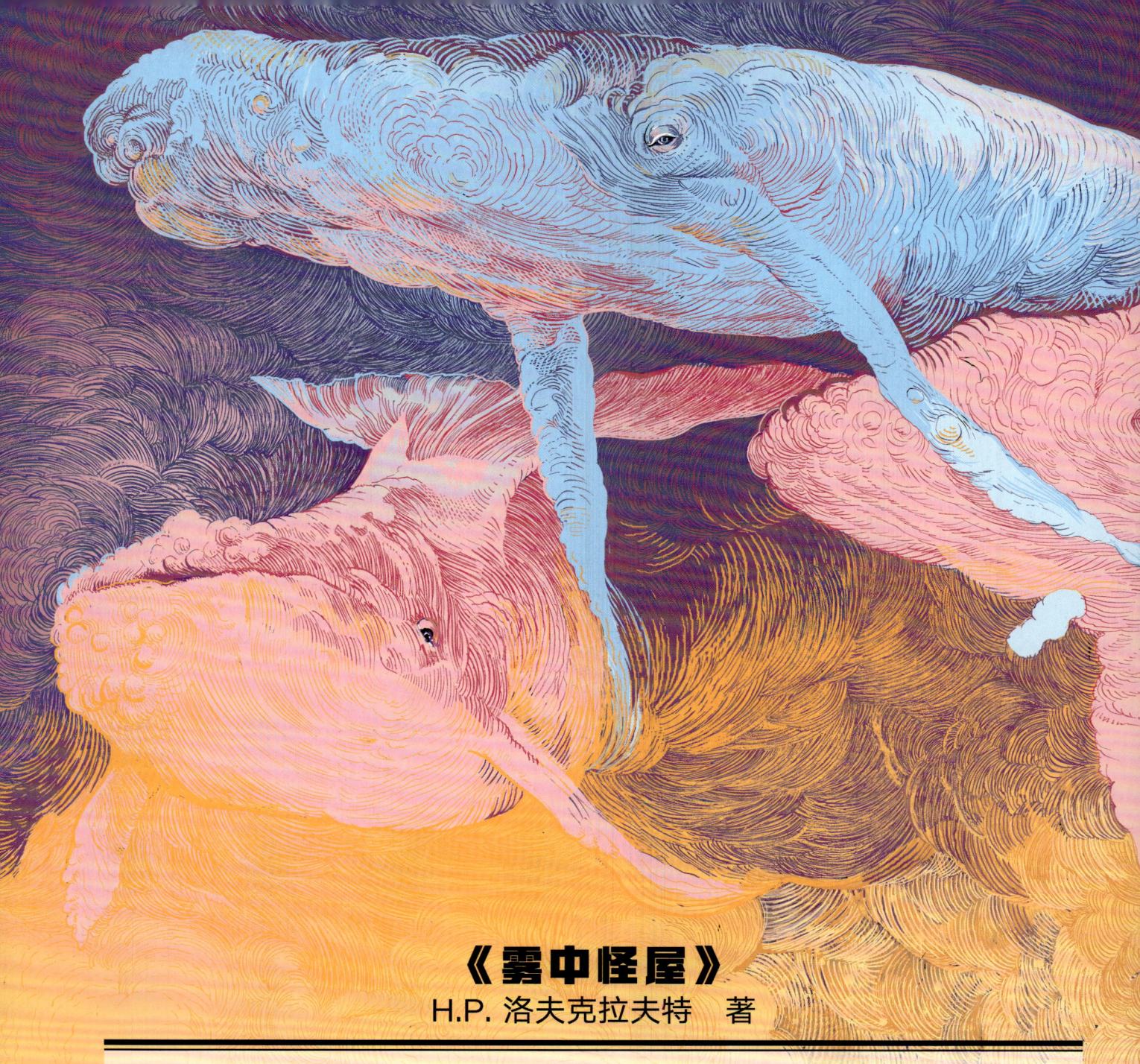

　　清晨，在金斯波特（Kingsport）远处，迷雾从悬崖边的海面上升起。洁白而飘逸的雾从深海升腾到云层之中，满载着潮湿牧场和利维坦（《圣经》中象征邪恶的海怪）洞穴的梦。随后，云朵化作寂静的夏雨，落在诗人陡峭的屋顶上，撒下这些梦的碎片。梦的点点滴滴都在说，人们的生活中不能没有古老神秘的传说，也不能没有夜空中的星星才知晓的奇闻逸事。当海底的特里同（古希腊神话中海之信使，表现为人鱼的形象）岩洞里流言纷飞，海藻之城的海螺吹奏出从上古之神那里学来的狂野曲调时，漫天的浓雾便会带着所有传说一起涌向云霄。此时若站在岩石上向大海放眼望去，只能看到一片神秘的白色，仿佛悬崖的尽头就是世界的尽头，只剩下航海浮标发出的庄严钟声，在仙境般的苍穹中自由地鸣响。

　　现如今，在古老的金斯波特北面，悬崖峭壁高耸入云，甚是奇异。它们次第升高，层层叠叠，直到最北端。极北的那座仿佛一团灰色的风云被冰封住，悬挂于天际。它遗世独立，孤零零地矗立在无边无垠的广袤空间之中，因为就在那里，海岸线突然变得陡峭，伟大的密斯卡托尼克河（Miskatonic）转而涌向平原，

流经阿卡姆（Arkham）地区，带来了森林之歌和新英格兰丘陵的传奇。金斯波特的渔民仰望这座悬崖，就像其他地方的渔民仰望北极星一样，他们还会在夜间根据它遮挡或显露大熊座、仙后座和天龙座的情况来计算时间。在人们心中，它与苍穹是一体的。确实，当迷雾遮住了星辰或太阳时，它也就一同消失不见了。

悬崖之中有些颇受人们喜爱，比如奇形怪状的那座被称为"海神尼普顿"，有着柱状石阶的那座被称为"天堤"……但是这一座却让他们感到恐惧，因为它离天空实在是太近了。那些远航归来的葡萄牙水手，一看到这座悬崖，就会在胸前画十字祈祷。那些上了年纪的北方佬则坚信，爬上去的后果比死还要严重——前提是真有人能爬上去的话。尽管如此，这座断崖顶上还是有一幢古老的房子，到了晚上，人们就能看到它的小玻璃窗里透出来的灯光。

那座老屋一直就在那里，人们说，住在里面的人能同深渊中升起来的晨雾交谈。等到了大雾弥漫四野，悬崖即世界尽头，庄严的钟声在白色仙境里自由回响的时候，这人或许还能看到大海上的一些奇异景象。当然，这都是他们道听途说的，因为那块令人生畏的峭壁根本无人踏足,当地人甚至都不愿意架起望远镜对准它。夏天来度假的游客倒是用时髦的双筒望远镜仔细观察过它,但看到的也无非就是用木瓦盖的、尖尖的灰色老式屋顶,几乎与灰色地基齐平的屋檐,以及屋檐下的小窗里每到傍晚微微渗出来的昏黄灯光。这些夏天的过客自然不相信有谁在这座古老的房子里生活了几百年,但也无法向任何一个土生土长的金斯波特人证明自己的不同看法。就连那个住在水街茅草屋里的可怕老人——对着玻璃瓶子里的铅制钟摆讲话,用百年前的西班牙黄金买日用杂货,在自家院子里摆放许多石头神像——也只能说,悬崖上的那间屋子,在他祖父还是个孩子的时候,就是这个样子的。而他所说的年代已经久远到难以想象,彼时马萨诸塞湾(Massachusetts Bay)还是国王陛下的领土,总督可能是布里奇、雪莱、波纳尔或伯纳德中的一位吧。

有一年夏天,一位哲学家来到金斯波特。他的名字叫托马斯·奥尔尼(Thomas Olney),在纳拉甘西特湾(Narragansett Bay)附近的某所大学里教一些沉闷乏味的东西。与他同来的还有他肥壮的妻子和嬉闹的孩子们。他的眼睛因为多年来一直看同样的事物、大脑因为思考同样循规蹈矩的想法而疲惫不堪。他曾站在"海神尼普顿"的王冠上望向迷雾,也试图沿着"天堤"的巨型石阶走进那个神秘的白色世界。一个又一个早晨,他躺在不同的悬崖上,放眼世界的尽头,望向远处神秘的苍穹,耳边听着幽灵般的钟声和可能是海鸥的狂野叫声。然后,当迷雾散去,大海被蒸汽船的浓烟勾勒出平凡的样子时,他就会叹口气,下山回到镇上。他喜欢穿梭在山间狭窄的古道里,上上下下,研究那些摇摇欲坠的山墙和古怪的柱式门廊,它们曾庇护过这里世世代代顽强的渔民。他甚至跟那位很讨厌陌生人的可怕老人聊过天,还被邀请进入他的老屋里做客。那间茅屋简直陈旧得可怕,低矮的天花板和满是蛀虫的墙壁,常在漆黑的午夜传来令人不安的喃喃低语声。

奥尔尼当然也注意到了天空中那座无人造访的灰色老屋,它就坐落在北边最险恶的悬崖之上,与迷雾和苍穹融为一体。老屋始终悬在金斯波特的上空,而它的秘闻也一直在金斯波特的街头巷尾悄声地流传。那位可怕的老人气喘吁吁地讲起他父亲讲过的故事:有一天晚上,一道闪电从那个尖顶老屋里射出,射向了更高的天空,直冲云霄。还有住在船街的奥恩奶奶,她的斜顶小木屋上爬满了苔藓和常春藤。她用沙哑的嗓音说起她祖母从别人那儿听来的消息:东方迷雾中扑出的一个幻影,径直穿过那扇窄门,进入那个凡人无法企及的地方。而这扇门紧靠峭壁的边缘,面向大海,只有在海上航行的船只才能瞥见。

终于,奥尔尼下了一个非常可怕的决心,他对新奇事物是如此渴望,既没有金斯波特本地人的恐惧,也没有夏季游客一贯的懒散。尽管他接受的一直是保守的教育,或许正因如此,单调的生活孕育了他对未知的渴望,他发誓要攀登北边那座人人避之不及的悬崖,去拜访一下天空中那栋异常古老的灰色小屋。明智的他自认为很有道理地分析着:居住在这屋子里面的人,一定是从内陆沿着密斯卡托尼克河入海口旁边较容易攀爬的山脊来到这里的。可能他们是在阿卡姆做买卖谋生的,因为知道金斯波特人不喜欢他们的住所,又或者是因为实在无法

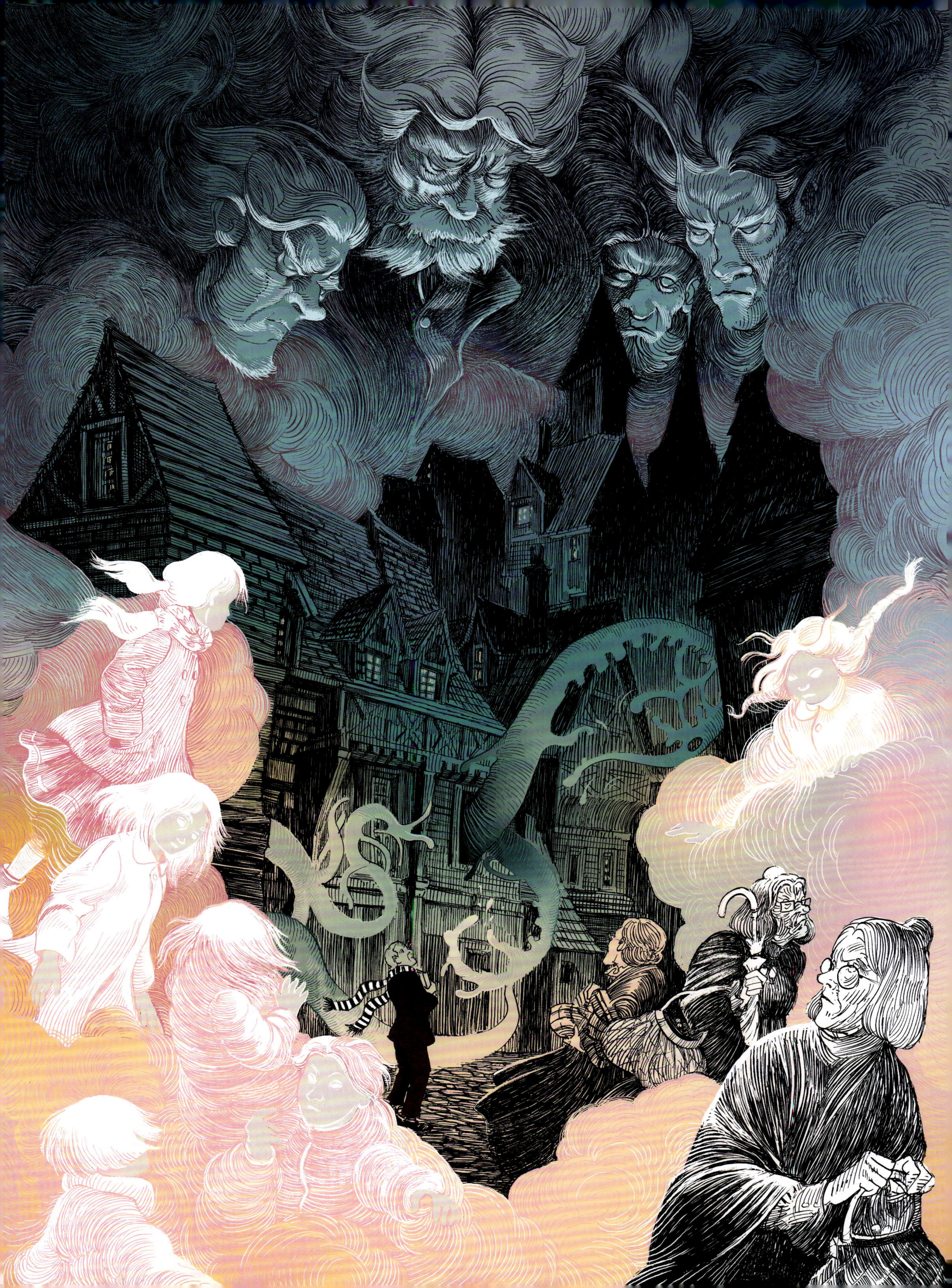

从金斯波特那一侧的峭壁上爬下来。奥尔尼沿着较为低矮的悬崖走到那块高耸的峭壁跟前,它陡然趾高气扬地跃上云霄。因此他非常确信,没有人能从这险峻的南坡爬上去,也没有人能从上面爬下来。而悬崖的东边和北边都拔地而起,垂直临于水面数千英尺,所以只剩下西边、朝向内陆、通往阿卡姆的那一侧,还有可能。

八月的一个清晨,奥尔尼出发去寻找一条路径能通往人迹罕至的崖顶。他沿着宜人的乡间小路向西北方向走去,经过胡珀池塘(Hooper's Pond)和古老的砖砌火药房,来到了一片山脊上的牧场。站在这里可以俯瞰密斯卡托尼克河,顺着河流和草地还可以望见几英里之外的阿卡姆,那边有许多佐治亚风格的白色教堂尖塔,不失为一道美丽的风景。在这儿,他找到了一条通往阿卡姆的林中小径,但他所期待的朝向大海的那一边却没有任何路径可言。森林和原野郁郁葱葱,一路蔓延到密斯卡托尼克河入海口两侧高高的河岸上,没有一点人类存在的迹象。甚至没有一堵石墙或一头走失的奶牛,只有高高的草、巨大的树和错综复杂的荆棘,也许当初第一个印第安人见到的就是这幅景象。他缓慢地向东攀升,离左下方的河口越来越远,离大海越来越近,他发现这条路越来越难走了。这时他不禁想知道,在那个鬼地方生活的人是如何到达外面的世界的,他们是否经常去阿卡姆的市场?

接着,树木变得稀疏起来,在右下方的远处,他看到了金斯波特的山丘、古色古香的屋顶和教堂的塔尖。站在这么高的地方,就连中央山(Central Hill)也显得矮小了,他只能勉强认出教会医院旁边那片古老的墓地,谣传下面隐藏着一些可怕的洞穴和地道。前方是疏落的草地和低矮的蓝莓灌木丛,再往前就是裸露的山岩和那栋可怕的灰色老屋所在的顶峰了。现在山脊变窄了,奥尔尼因独自一人站在高空中而感到头晕目眩。他的南面是悬在金斯波特上方的可怕断崖,他的北面是离河口近一英里的垂直落差。突然,一道巨大的裂缝出现在他面前,足有十英尺深,他不得不手脚并用,先从一侧斜坡上滑下来,落到裂缝的底部,再冒险顺着对面斜坡上一条天然形成的峡道爬上去。原来住在怪

屋里的人就是这样在天地间穿梭的!

当他爬出裂缝时,晨雾正在聚拢,但他仍清楚地看到了前面那座高大而荒凉的老屋——墙壁像岩石一样灰蒙蒙的,高高的尖顶在乳白色海雾的映衬下显得格外醒目。然后他注意到,朝向陆地的这面墙没有门,只有几扇小小的格子窗,上面镶着的牛眼玻璃脏脏的,是17世纪的式样。他的四周云雾缭绕、一片混沌,在无边无际的白色之下,他什么也看不见了。天地间只剩下他一个人,以及这栋古怪得令人不安的房子。他悄悄侧身绕向房子的正面,结果发现正面那堵墙与悬崖的边缘是齐平的,也就是说,只有从空中才能走进那扇窄门。这时他感到一种强烈的恐惧,这种恐惧无法完全用海拔来解释。还有些怪异的是,用木瓦盖的屋顶被虫蛀得如此厉害,竟然没有坍塌;用砖砌的烟囱如此支离破碎了,竟还直挺挺地立着。

随着雾越来越浓,奥尔尼蹑手蹑脚地走到北侧、西侧和南侧的窗户跟前,试了试,但发现所有窗户都是锁着的。他竟暗自庆幸起来,因为他越观察那幢房子,就越不想进去。这时,一阵声响让他停住了脚步。他听到了门锁扭动的咔嗒声和门闩拉开的哐当声,接着是一阵长长的嘎吱声,好像有一扇沉重的门被慢慢地、小心翼翼地打开了。声音从他看不见的朝向大海的那一面传来,在海浪之上数千英尺雾气弥漫的天空中,那扇狭窄的门对着一片虚无敞开了。

接着,老屋里响起了沉重而又从容的脚步声。奥尔尼听到打开窗户的声音,先是他对面北边的窗户,然后是拐角处西边的窗户,接下来将会是南边的窗户,就在他所站立的那一侧宽大又低矮的屋檐

下。不得不说，他想到一边是那可怕的房子，另一边就是空荡荡的高空空气时，心里难受极了。当近处的窗子里传来一阵摸索声时，他又蹑手蹑脚地向西边绕了过去，停在已经打开的窗户旁边，整个人紧紧地贴靠在墙上。很明显，房子的主人已经回来了。但他不是从陆地这边回来的，也不是乘坐了任何可以想象的气球或飞艇。脚步声再次响起，奥尔尼慢慢地向北边拐去，但还没等他找到下一个避风港，一个声音轻轻地呼唤起来，于是他知道自己必须面对这位东道主了。

从西窗探出来一张长满黑胡子的大脸，眼睛里闪烁着磷光，印着闻所未闻的景象留下的痕迹。但那声音很温柔，古老而典雅。所以，当一只棕色的手伸出来，扶着奥尔尼跨过窗台，走进那间有黑橡木壁板和都铎式雕花家具的低矮房间时，他并没有害怕瑟缩。这个人穿着非常古老的服装，身上带着一种不可磨灭的航海情结和对西班牙大帆船的炙热。奥尔尼不记得他讲述的许多奇事，甚至不记得他是谁了，但却说他既奇怪又和善，充满了未知时空的魔力。小房间里似乎泛着淡淡的水光，显得绿油油的，然而奥尔尼看到远处东面的窗户并没有打开，而是用像旧瓶底一般暗淡的磨砂玻璃将雾气弥漫的虚空挡在了外面。

这位大胡子主人看起来很年轻，但他的眼神里却充满了古老的谜团。从他讲述的那些不可思议的远古故事来看，镇子里的人说，自打平原上有村庄观察到他那缄默的居所，他就已经在与海上的雾和空中的云交谈了，此话不假。日子一天天过去了，奥尔尼仍然听着上古时代和遥远地方的传奇，听着亚特兰蒂斯的国王们是如何与海底裂缝中钻出来的邪恶怪物作战的，还有海神波塞冬那石柱林立、海草丛生的神庙是如何在午夜时分被迷航的船只瞥见的，他们一看到它就知道自己已经迷失方向了。泰坦（希腊神话中曾统治世界的古老神族）的岁月也被忆起，但当他说起诸神甚至上古之神诞生之前的混沌纪元，以及众神来到斯凯河对岸的乌撒城附近，在戈壁沙漠中的哈泰格-基亚山（Hathey-Kla）之巅翩翩起舞的时期，这间屋子的主人竟变得胆怯起来。

就在这时，传来敲门声。而那扇钉满钉子的古老橡木门，门外只有白云和万丈深渊。奥尔尼吓了一跳，但大胡子示意他不要动，然后踮着脚尖走到门口，从一个很小的猫眼儿往外看。显然他看到了什么不喜欢的东西，于是把手指压在嘴唇上，踮起脚尖，绕着房子关上所有窗户并上锁，然后回到了他的客人身边。然后，奥尔尼看到一个奇怪的黑色轮廓，在每一扇昏暗的半透明正方形小窗户外接连出现——拜访者在离开前好奇地四处走动。他很高兴这位屋主没有应门。因为大渊之中必有奇物，寻梦人须当心，不可惊动或遇错。

然后影子开始聚集，先是在桌子底下鬼鬼祟祟的一小撮，然后在黑暗的角落里藏了一些更大胆的。大胡子做了个神秘的祈祷手势，并在锻造奇特的黄铜烛台上点燃了几支高高的蜡烛。他时不时地瞥一眼门口，仿佛在等待什么人。最后，他的目光似乎被一阵奇怪的敲门声所回应，这节奏一定是遵循了某种非常古老而隐秘的暗号。这一次他甚至没有透过猫眼儿看上一眼，而是直接拉开巨大的橡木门闩，拔出插销，将那扇沉重的门对着星辰和迷雾大敞四开。

接着，一阵朦胧的和声从深渊之中飘进了那间屋

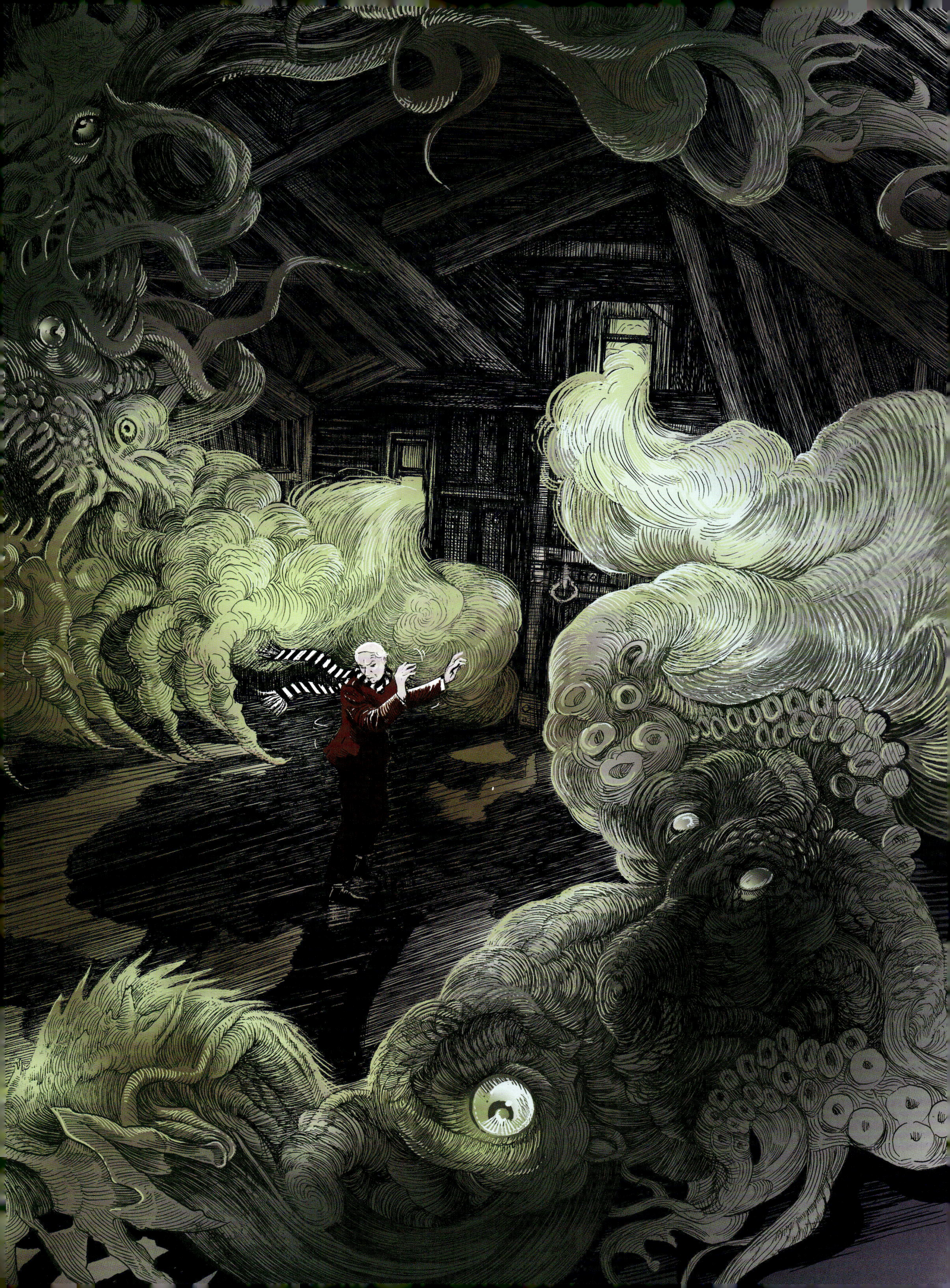

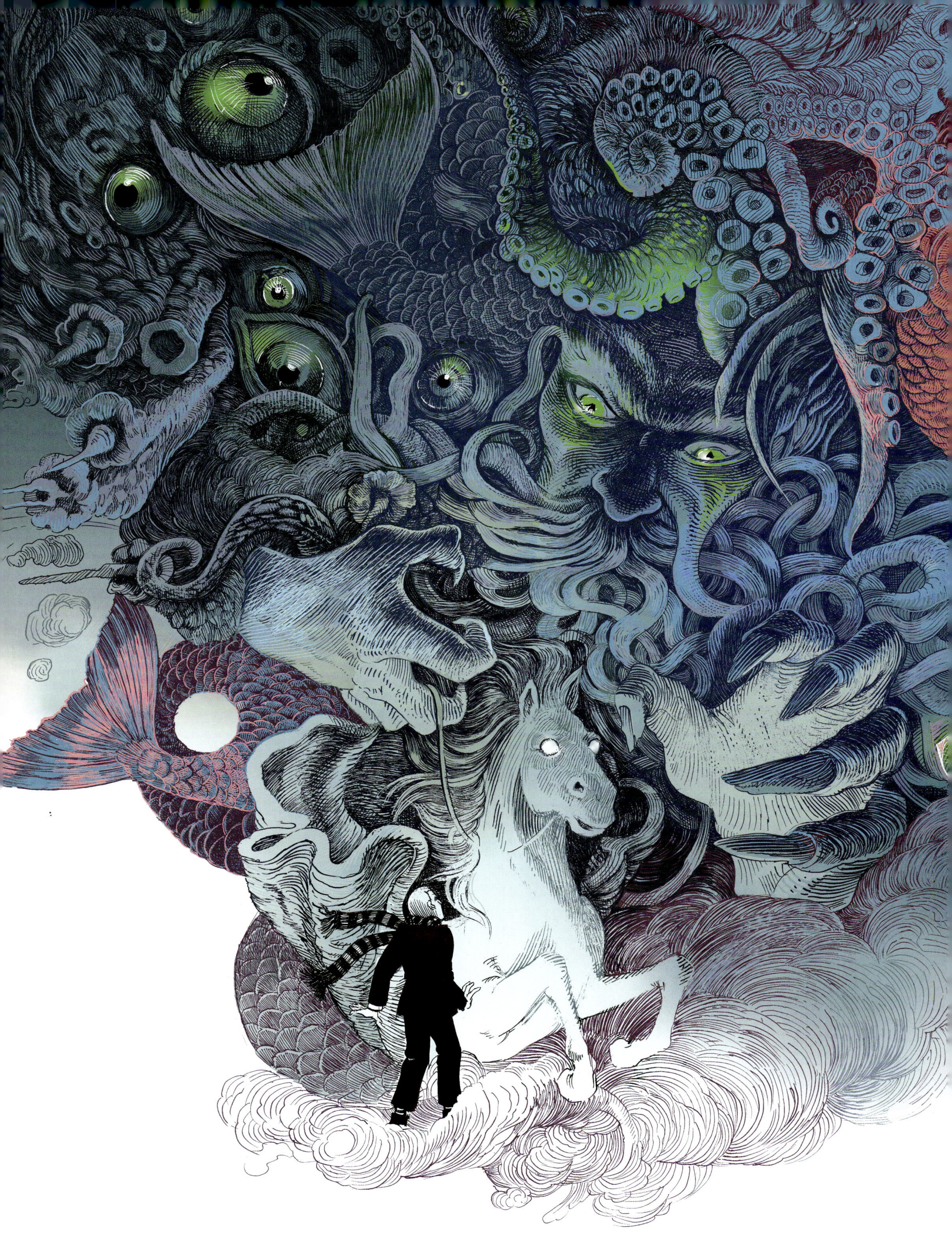

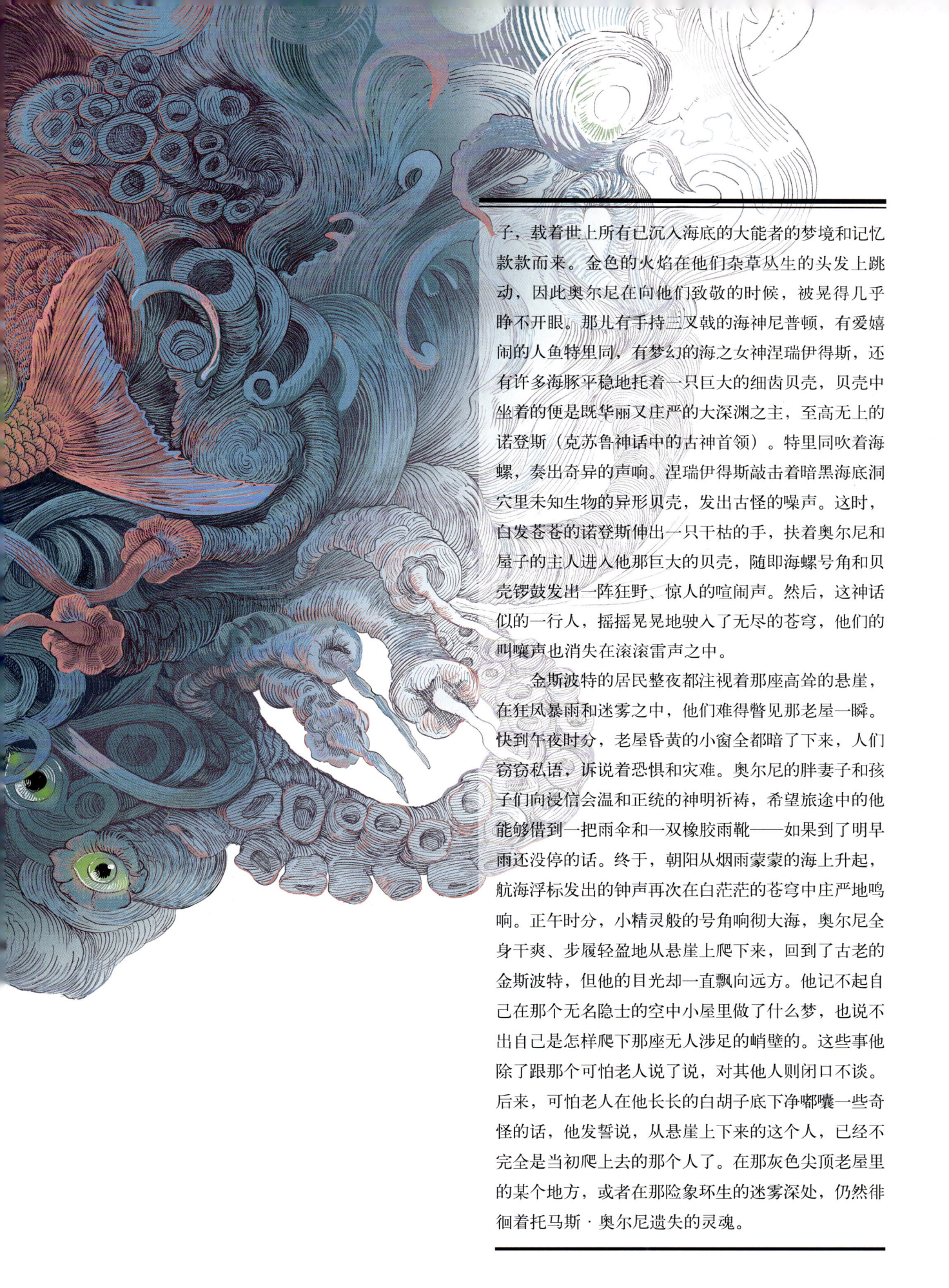

子，载着世上所有已沉入海底的大能者的梦境和记忆款款而来。金色的火焰在他们杂草丛生的头发上跳动，因此奥尔尼在向他们致敬的时候，被晃得几乎睁不开眼。那儿有手持三叉戟的海神尼普顿，有爱嬉闹的人鱼特里同，有梦幻的海之女神涅瑞伊得斯，还有许多海豚平稳地托着一只巨大的细齿贝壳，贝壳中坐着的便是既华丽又庄严的大深渊之主，至高无上的诺登斯（克苏鲁神话中的古神首领）。特里同吹着海螺，奏出奇异的声响。涅瑞伊得斯敲击着暗黑海底洞穴里未知生物的异形贝壳，发出古怪的噪声。这时，白发苍苍的诺登斯伸出一只干枯的手，扶着奥尔尼和屋子的主人进入他那巨大的贝壳，随即海螺号角和贝壳锣鼓发出一阵狂野、惊人的喧闹声。然后，这神话似的一行人，摇摇晃晃地驶入了无尽的苍穹，他们的叫嚷声也消失在滚滚雷声之中。

金斯波特的居民整夜都注视着那座高耸的悬崖，在狂风暴雨和迷雾之中，他们难得瞥见那老屋一瞬。快到午夜时分，老屋昏黄的小窗全都暗了下来，人们窃窃私语，诉说着恐惧和灾难。奥尔尼的胖妻子和孩子们向浸信会温和正统的神明祈祷，希望旅途中的他能够借到一把雨伞和一双橡胶雨靴——如果到了明早雨还没停的话。终于，朝阳从烟雨蒙蒙的海上升起，航海浮标发出的钟声再次在白茫茫的苍穹中庄严地鸣响。正午时分，小精灵般的号角响彻大海，奥尔尼全身干爽、步履轻盈地从悬崖上爬下来，回到了古老的金斯波特，但他的目光却一直飘向远方。他记不起自己在那个无名隐士的空中小屋里做了什么梦，也说不出自己是怎样爬下那座无人涉足的峭壁的。这些事他除了跟那个可怕老人说了说，对其他人则闭口不谈。后来，可怕老人在他长长的白胡子底下净嘟囔一些奇怪的话，他发誓说，从悬崖上下来的这个人，已经不完全是当初爬上去的那个人了。在那灰色尖顶老屋里的某个地方，或者在那险象环生的迷雾深处，仍然徘徊着托马斯·奥尔尼遗失的灵魂。

从那以后，在灰暗、疲倦、沉闷的漫长岁月里，这位哲学家一直在辛勤工作、吃饭、睡觉，毫无怨言地做着一个公民应该做的事情。他不再渴望远山的魔力，也不再为深海中暗礁般的秘密而叹息。千篇一律的生活不再使他感到悲伤，井然有序的思想已足够满足他的想象力。他的贤妻变得更魁梧了，他的孩子们也都长大了，变得更聪明也更有用了。而且在需要的时候，他总能得意地露出恰到好处的笑容。在他的眼神中，没有一丝不安的光芒，只有在旧梦游荡的夜晚，他才会听到庄严的钟声或遥远的精灵般的号角。他再也没有去过金斯波特，因为他的家人不喜欢那些古怪的老房子，还抱怨下水道堵得一塌糊涂。他们现在住在布里斯托尔高地（Bristol Highlands）一栋整洁的别墅里，那里没有高耸的悬崖峭壁，邻居们也都是非常现代的都市人。

　　但在金斯波特，到处流传着离奇的故事，就连可怕老人也承认了一件他祖父没有对外说过的事情。如今，每当狂风从北方呼啸而来，刮过那座与苍穹融为一体的老屋时，长久以来困扰着金斯波特渔民的那种不祥的、令人不安的死寂就会被打破。老人们说，他们听到那里有悦耳的歌声，以及远胜人间喜乐的欢声笑语；到了晚上，那些低矮的小窗户比从前更明亮了。他们还说，那儿开始常常出现强烈的极光，北方的天空中闪耀着蓝色的光，一派冰封世界的景象。悬崖和老屋在这狂野光辉的映衬下，显得尤为漆黑和诡谲。清晨的迷雾也越来越浓了，就连水手们也不太确定，是否海上所有的低沉鸣响都是航海浮标发出的钟声。

　　然而，最糟糕的是，金斯波特的年轻人心中旧有的恐惧正在逐渐消退，他们越来越爱在夜里聆听北风传来远处微弱的声音。他们断定，那高高的尖顶小屋里没有任何能给人带来伤害或痛苦的东西，因为这新的声音中洋溢着喜悦，充满了动人的欢笑和叮叮当当的音乐。他们根本不知道海上的迷雾曾给这鬼影幢幢的极北山峰带来了怎样的传说，他们只渴望能找到点线索，弄清楚到底是什么人在云雾最浓的时候敲开了那扇悬崖之门。老人们害怕总有一天，他们会一个接一个地前往天空中那座不可企及的高峰，去探寻那老屋尖尖的屋顶下究竟隐藏着什么百年大秘密。毕竟它是悬崖峭壁和星辰大海的一部分，是盘旋在金斯波特上空最古老的恐惧。这些爱冒险的年轻人无疑还会回来，但是他们眼中的光会消失，他们心中的意志会消散。老人们亦不愿看到古典雅致的金斯波特，连同它的登山小径和古朴山墙，随着岁月的流逝越来越无精打采，而与此同时，那未知又恐怖的鹰巢小屋里，欢声笑语却越来越响亮、越来越狂野。就连迷雾与迷雾里载着的梦，也爱在大海到天空的路上驻足于此，稍作休憩。

　　他们不希望年轻人的灵魂离开老金斯波特美好舒适的壁炉和复折式屋顶的小酒馆，他们也不希望那悬崖上的歌声与欢笑变得越来越响亮。因为那儿传来的声音从海上带来了新的迷雾，从北方带来了新的光芒，所以人们说，将来还会有其他的声音带来更多的雾和更多的光，直到旧神（人们只敢在窃窃私语中暗示他们的存在，生怕被公理会的牧师听到）从深海中、从寒冷的荒原上、从未知的卡达斯而来，在这座邪恶的悬崖上定居下来。而这悬崖是如此邻近宁静、淳朴的渔民所栖居的小山和溪谷。他们不希望这样的事情发生，因为对普通百姓来说，非人间的东西就是不受欢迎的。除此之外，可怕老人还常常回忆起奥尔尼跟他说过：一阵令老屋主人都害怕的敲门声过后，透过那些奇怪的半透明的牛眼玻璃窗，可以看到迷雾中一个黑黑的、充满好奇的身影。

　　无论如何，这些事情也只有上古之神才可以决定。清晨的迷雾依然每天攀上那座令人眩晕的美丽山崖，以及高高悬挂在上面的老屋。那灰色、低矮的屋檐下，什么也看不见，只在傍晚时分，灯火幽幽亮起，北风吹来奇异的狂欢。这雾洁白而飘逸，从深海升腾到云层之中，满载着潮湿牧场和海怪洞穴的梦。当海底的人鱼岩洞里流言纷飞，海藻之城的海螺吹奏出从上古之神那里学来的狂野曲调时，漫天的浓雾便会带着所有传说一起涌向云霄。而金斯波特镇则不安地依偎在那座可怕悬崖的下方，坐落在较为矮小的山丘上。向海望去，只见一片神秘的白色，仿佛悬崖的尽头就是世界的尽头，只剩下航海浮标发出的庄严钟声，在仙境般的苍穹中自由地鸣响。

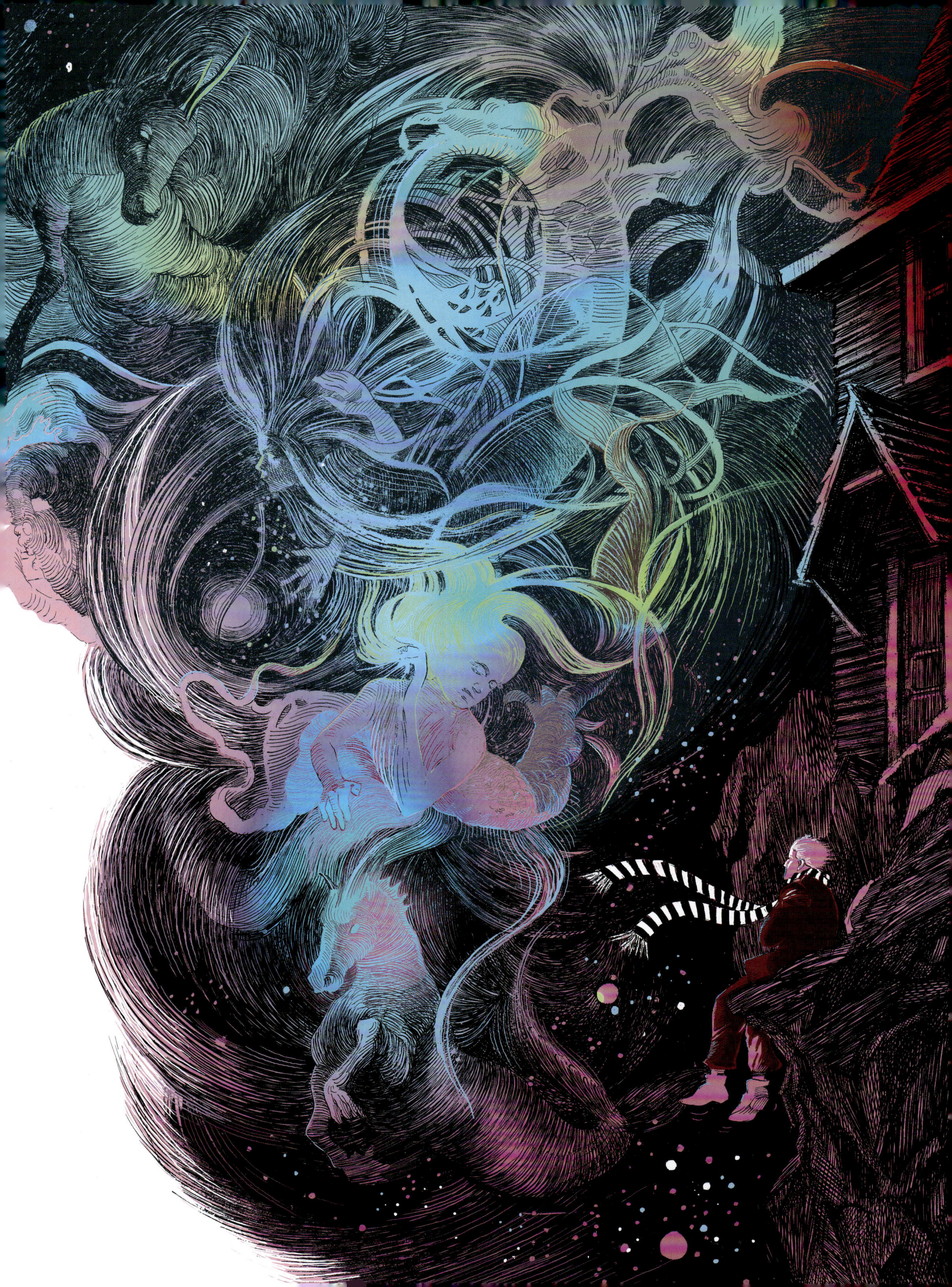

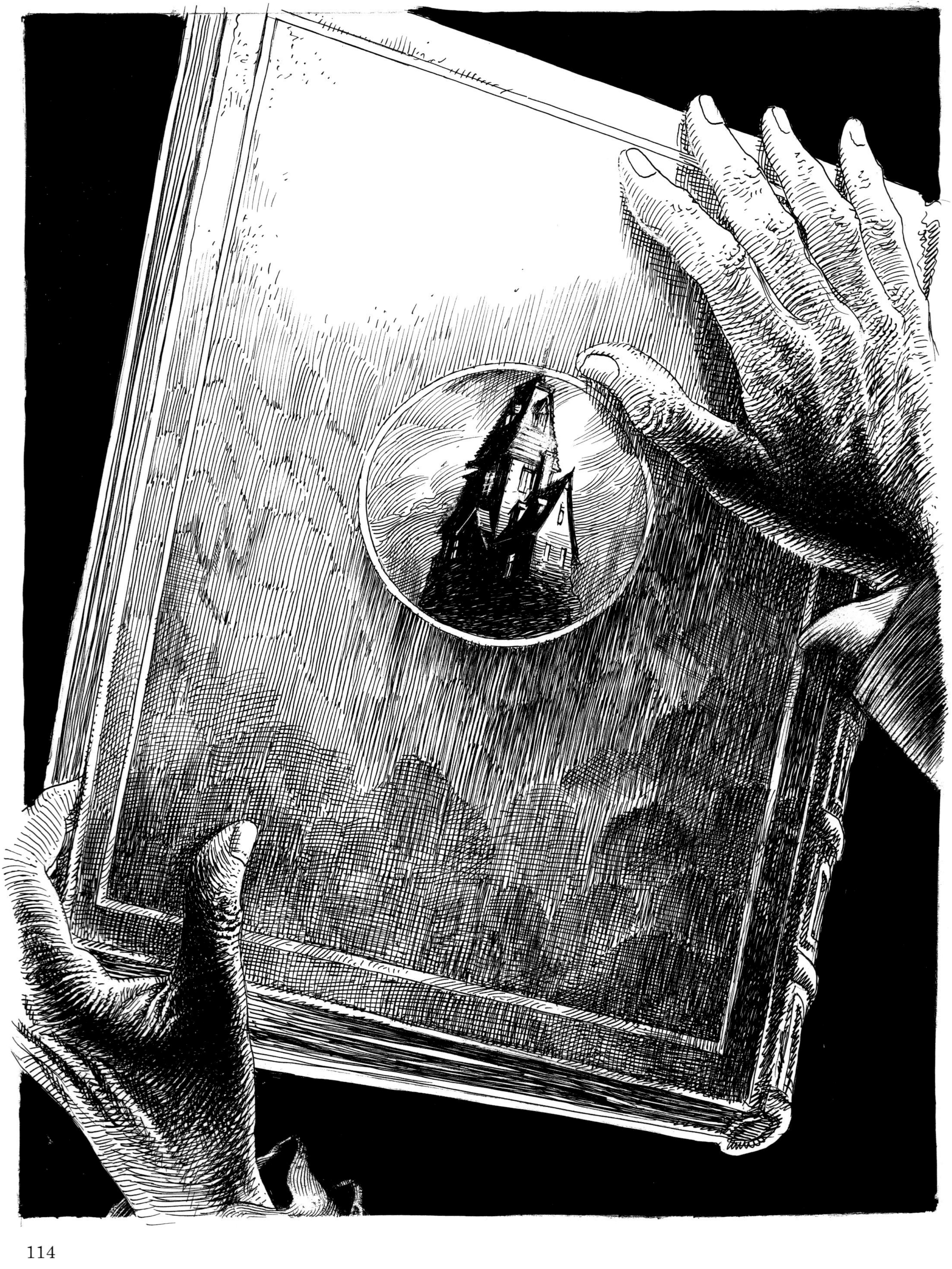

看到了吧？我就说他找到了他梦寐以求的地方。要知道，这可不是每个人都能实现的。
天啊，我从来没有收到过如此复杂难懂的辞职信，这样弯弯绕绕的措辞。
交给我吧，我要好好研究一下他的话。
如果你非要拿走的话……可是……你确定吗？
?
呃，嗯……早上好，打扰了，女士们……有人能帮忙告诉我一下吗？
我接到了一个你们管理层打来的电话。我是职业医疗保健中心的。不过，我还在实习期……
我是这个公园的主管。
真的有必要吗……
你们别管了。

您打电话来是为了这些人吗?她们这个年纪已经不适合再工作了。

这几位身体都很健康,她们是志愿者,她们想要继续工作。

请跟我来,我想跟您讨论的是另外一件事。

有她们在这里,公园的家庭氛围得到了积极强化,并具有一定的长久性。您凭什么反对呢?

当然,但是……

首先,要知道,我反对将老年人与社会隔绝。我们的日程安排都是为她们量身定制的,大家都很满意。对孩子们来说,我们的资深员工更像他们的祖母一样。

也许吧,但是心脑血管疾病的风险呢,您考虑过吗?更不用说可能会引起游客的焦虑了……

那圣诞老人呢?您知道我在说谁吧?他不是也年老体弱、步履蹒跚了吗?我们有人担心过他的健康状况吗?毕竟他的脸都充血了!非但没有,当他从烟囱里掉下来的时候都不会有人叫救护车吧……不过到此为止,我们不讨论这个了,我打电话叫您来是为了别的事情。

是这样的,我们公园里有很多动物。比如说,我们的水生鸟类已经非常出名了。我个人还有一匹马,我得尽快把它找回来。然后我在想,多加几只羊也会有帮助的。

……它们可以维护草坪,并且让年轻的城市居民了解物种之间是相互依存的这个概念。

……更不用说我们还可以剪羊毛,开展本地的手工艺制造……

这会让一些古老的解压方式重新流行起来,比如针织或钩织。

……同时还能凸显我们三位老太太……三位老前辈的专业知识。

简而言之,公园需要招新。而且,我们的团队里正好缺少一名兽医。

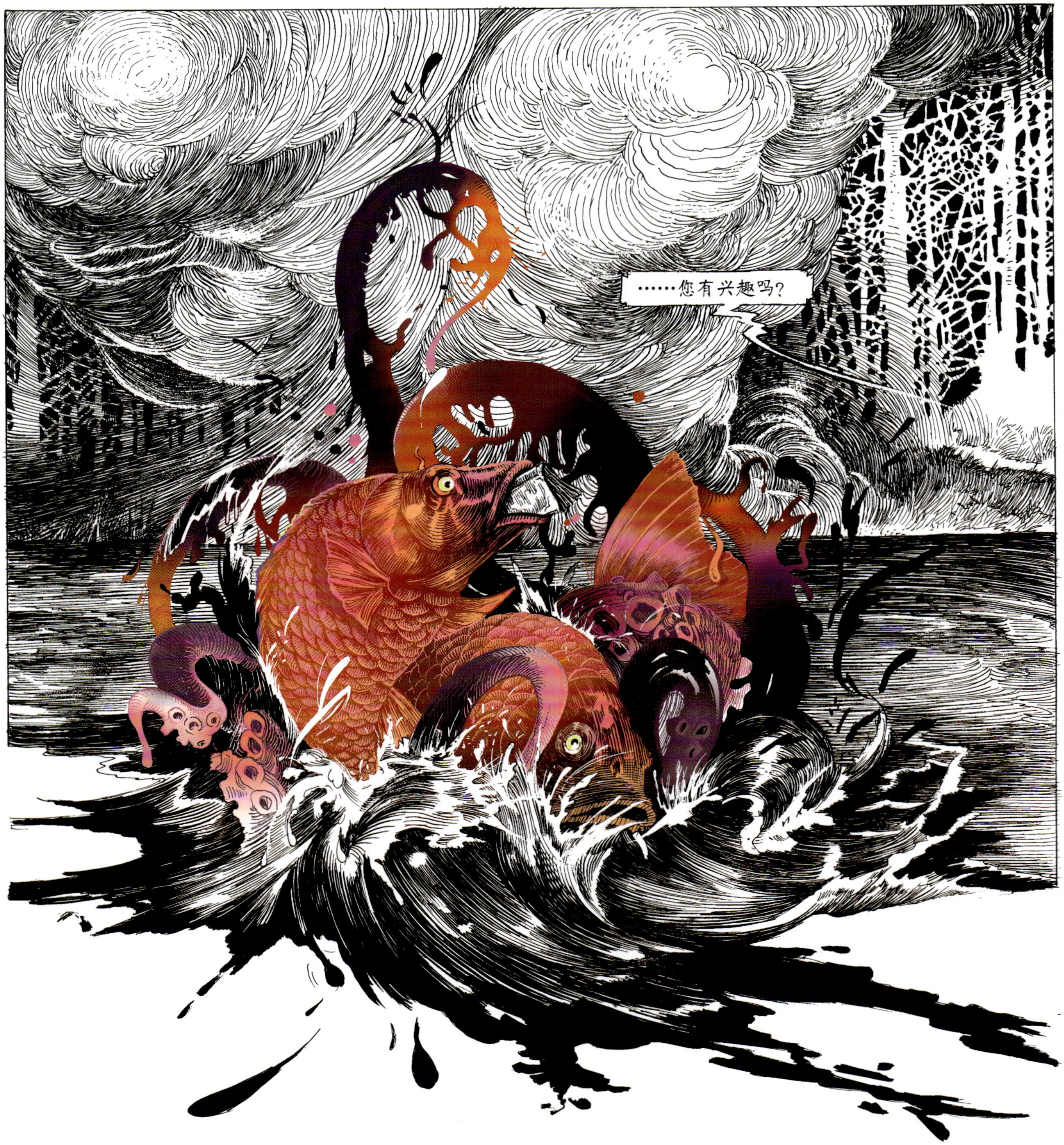
……您有兴趣吗?

我要衷心感谢所有相信这个项目，并在过去3年里一直支持它的人。

感谢约瑟-路易斯·博克（José-Louis Bocquet）和

菲利普·吉尔梅蒂（Philippe Ghielmetti）在自由区（Aire Libre）* 主持出版这本书；

感谢法国国家图书中心（CNL）对本书的支持；

感谢洛朗·杜里欧（Laurent Durieux）在彩色插图的着色过程中

提供的帮助和建议；感谢金·珍（Kim Trân）以飞快的速度将

H.P. 洛夫克拉夫特的短篇小说翻译成法语；

感谢我的编辑艾尔莎·斯图尔克曼（Elsa Sztulcman），

感谢她的眼光和坚定不移的陪伴……

还要感谢伟大的菲利普·德吕耶（Philippe Druillet），

感谢他为本书作序给我带来的快乐！

达莉亚·施密特

注：在欧洲漫画界，"Aire Libre"是一种以非传统方式出版和销售的漫画形式，通常以一本独立的图书出版，而不是以期刊连载形式出版。

译者：谢冰冰，英法双语译者，曾任知名杂志专题编辑、英文编辑，
已出版多部电影、漫画、文学类译作。